입에 좋은 거 말고
몸에 좋은 거 먹어라

일러두기

표지와 본문의 사진은 우리나라의 섬들에서 저자가 직접 촬영한 것입니다.

말기 암 어머니의
인생 레시피

입에 좋은 거 말고
몸에 좋은 거 먹어라

강제윤 지음

어른의시간

어머니 살아생전 수술과 치료 과정에서
큰 도움을 주신 분들께 특별한 감사의 인사를 드립니다.
덕분에 어머니가 3년을 더 사셨습니다.

강인숙 김경애 김경환 김광남 김용각 김종우
김태희 김형열 김형준 김형태 김호일 나기철
류승룡 문영월 박재일 배준석 신은미 왕백
육종인 윤성열 이상희 이유명호 이은주 이재원
이주빈 이현숙 정도영 장석 조종애 진광 스님 최병찬

발이나 얼굴이나
다 같은 한 몸인데

집에서 말기 암 환자 어머니를 간병하고 있던 어느 날이었다. 욕실에서 얼굴과 손발을 씻은 뒤 수건으로 얼굴을 닦으며 나왔다. 발을 닦기 위해 입구 바닥에 깔려 있던 발수건을 집어 드는데 갑자기 어머니의 핀잔이 날아왔다.

"더러운 수건으로 발 닦으면 어떡해."

"왜요? 어머니. 이것도 깨끗해요."

"그래도 안 돼. 더러워. 여러 날 됐잖아. 세균이 많아."

"얼굴은 깨끗한 수건으로 닦았어요. 발을 닦는 거니까 괜찮아요."

"무슨 소리야. 얼굴하고 발하고 똑같지. 다 같은 한 몸인데, 깨끗한 수건으로 닦아야지."

어머니 말씀을 듣는 순간 정신이 번쩍 들며 눈앞이 환해졌다. 아, 그렇지. 얼굴하고 발하고 똑같은 한 몸이었지. 발이나 얼굴이

나 다 같이 소중한 한 몸이란 걸 잊고 살았구나. 어머니가 덧붙이셨다.

"얼굴 닦은 수건으로 손도 닦고 발도 닦고 빨면 돼. 또 쓰지 말고."

아, 그러면 되겠구나. 그날도 어머니로부터 큰 가르침을 받았다. 어머니 간병의 날들은 그야말로 깨달음의 연속이었다. 어떤 날은 "입에 좋은 거 말고 몸에 좋은 거 먹어라" 깨우쳐주셨고, 또 어떤 날은 "개떡같이 말해도 찰떡같이 알아들어라" 하시며 듣는 일의 중요성을 일깨워주셨다. 또 다른 날은 "남한테 피해 주고 살지 마라. 남이 내게 피해 주는 것도 싫고 내가 남에게 피해 주는 것도 싫어. 남의 것은 나뭇가지 하나라도 그냥 가져오면 안 된다"는 가르침을 주셨다.

그뿐이랴. 음식을 잘하는 어머니는 아들이 좋아하는 음식들의 레시피도 전수해주셨다. 행여 당신이 돌아가시고 나면 아들이 제대로 먹지 못할까 봐 음식 만드는 법을 꼼꼼히도 지도해주셨다. 파래김치와 물김치 담그는 법, 굴뭇국 끓이는 법, 고추장 만드는 법까지 전수해주셨다. 고향이 섬이신 어머니만의 섬 토속 음식 레시피들. 어느 요리학원에서도 배울 수 없는 특별한 레시피들이었다. 그래서 간병의 순간순간이 나에게는 배움의 연속이었다.

어머니가 그토록 큰 스승인 줄 어머니를 간병하면서 비로소 알았다. 2019년 10월 어머니는 갑작스럽게 구강암 말기 판정을 받으셨다. 그보다 10년 전쯤 어머니는 치주암 초기 수술을 받았고 완치되셨다.

그런데 이번에는 입속의 다른 부분에서 암이 발병해 이미 말기였다. 막막하고 후회가 되었다. 밖으로만 떠돌며 어머니를 제대로 돌봐드리지 못한 죄책감을 가눌 길이 없었다. 어머니의 병을 키운 것의 절반이 아들이었다.

입안은 물론 치아, 턱뼈와 임파선까지 전이됐으니 수술을 하더라도 소생 가능성은 희박했다. 그 순간부터 하던 일을 중단하고 어머니의 간병에만 매달렸다. 처음 갔던 대학병원의 의사는 어떻게든 수술은 해야 한다고 처방했지만 주변 지인들은 모두 수술을 말렸다. 친분 있는 의사들까지도 심사숙고해서 결정하라 조언했다.

수술로 끝나지 않고 수술 후 항암 치료, 방사선 치료까지 받아야 하니 쇠약할 대로 쇠약해진 어머니가 견디기는 어려울 것이라했다. 수술을 받으면 결국 더한 고통 속에 생을 마감할 가능성이 크다고도 했다. 그러니 수술, 방사선, 항암 등 모든 치료를 포기하고 진통제를 써서 고통을 줄여가며 호스피스 병동으로 모신 뒤 생을 마치게 해드리는 것이 최선일 거라고 충고했다.

실제로 말기 암 환자는 수술 후 완치되기보다 고통스럽게 죽어가는 경우가 더 많다. 더구나 어머니의 암은 음식을 먹기도 어려운 구강암이었으니 소생할 가능성은 더욱 희박해 보였다. 여러 병원을 오가며 의사들과 상담하고 주변의 의견을 들을수록 수술을 안 하고 남은 시간만이라도 덜 고통받고 살다 가시게 하는 것이 옳겠다는 생각이 들었다.

그러나 어머니의 고통이 점점 심해져 끝내는 병원에서 처방해 준 마약성 진통제도 듣지 않았다. 먹지도 못하고 고통스러워 잠도 못 주무시는 어머니. 어찌해야 할까. 수술을 포기하면 내내 고통받다 돌아가실 텐데. 결국 수술을 결심했다. 수술을 받다 잘못되는 한이 있더라도 저 극심한 고통을 잠시라도 멈출 수 있다면 무엇이든 해야겠다고 생각했다. 그리고 마침내 어머니는 서울의 한 대학병원에서 수술을 받으셨다.

볼의 암 덩어리를 제거하고 턱뼈와 치아를 잘라내고 다리뼈를 이식하기까지 열 시간의 대수술을 어머니는 잘도 견뎌내셨다. 한 달의 회복기를 거친 후 곧바로 38킬로그램에 불과한 몸으로 서른 번의 방사선 치료와 네 번의 항암 치료를 받았다. 워낙에 방사선 치료의 해악에 대해 많이 들었던 터라 방사선 치료를 받게 하지 않을 생각이었지만 재발 가능성으로 압박하는 병원의 강권에 결국 굴복하고 말았다. 그리고 어머니는 집으로 돌아와 한동안은 고통 없이 편히 주무시고, 운동도 하며 재활의 시간을 보냈다.

마침내는 아들에게 김치를 담가주시기까지 했다. 정말 완치될 수 있다는 희망이 생겼다. 극심한 고통이 제거되고 다시 삶의 의욕을 되찾고 웃음도 되찾으신 어머니를 보면 더없이 기쁘고 행복했다. 어머니가 살아 계신 것만으로 이토록 행복할 수 있구나 새삼 깨달았다.

하지만 치아를 제거해 씹을 수가 없고 방사선 치료로 정상 침샘세포까지 파괴되어 침이 안 나오니 음식을 드시기 힘들었다. 죽도 못 드시고 겨우 곱게 가루를 내어 끓인 미음만 드셨으니 온전한 일상의 회복은 쉽지 않았다.

좋아지는 듯했던 어머니는 결코 좋아진 것이 아니었다. 수술 후 잠시 회복세를 보였을 뿐 제대로 드실 수 없으니 나날이 쇠약해져 갔던 것이다. 결국 영양실조가 찾아왔다. 46킬로그램까지 증가했던 몸무게가 다시 34킬로그램까지 떨어졌다. 영양실조가 되니 정신착란, 섬망 증세도 찾아왔다. 자신이 죽었는데 왜 장례식장 안 보내주냐고 떼를 쓰는 날이 많았다.

다시 어머니 곁에 바짝 붙어서 돌봐드리니 또 조금씩 기력이 돌아오는 듯했다. 하지만 아주 잠깐이었다. 삶의 의욕을 보여도 내일을 알 수 없는 것이 말기 암 환자였다. 어머니는 그렇게 생사의 경계를 오가며 3년을 생존하시다 2022년 10월 8일 영면하셨다. 어머니는 임종 2주 전부터 음식을 거부하시고 생을 마감하셨다. 아들에게 자유를 주기 위한 결단이었다. 워낙 완강하셔서 도리가 없었다. 주사로 영양제를 놓아드렸지만 별 효과가 없었다.

발병 초기 어머니를 호스피스 병동으로 보내드리지 않았던 것은 잘한 결정이라 생각한다. 수술도 성공적이었다. 다만 방사선 치료의 후유증이 너무 컸다. 방사선이 암세포와 함께 수술로 살린 어머니의 생명을 다시 죽음으로 내몰았다. 방사선 치료를 하지 말았어야 했는데 후회막급이다. 그래도 큰 고통인 암 덩어리가 제거됐고 3년을 더 살아주신 덕분에 어머니와 깊이 교감하는 시간을 가질 수 있었던 것은 행운이었다. 어머니의 새로운 면모들을 많이 발견했다. 참으로 단단하고 지혜로운 분이란 사실을 새삼 알게 됐다. 현자를 모시면서도 모르고 있었던 것이다.

그 3년 동안 병석에 누우신 어머니로부터 헤아릴 수 없이 많은 것을 받았다. 사경을 헤매시면서도 어머니는 자식 걱정부터 했다. 그보다 더 큰 사랑을 어디서 받을 수 있을까? 나와 동생이 어머니를 간병하는 줄 알았는데 실상은 어머니가 자식을 돌보고 계셨다.

어머니는 또 어떤 스승으로부터도 얻을 수 없는 귀한 가르침을 주셨다. 병상에서도 날마다 아들이 인생을 지혜롭게 살 수 있도록 일깨워주셨다. 발과 얼굴이 똑같은 한 몸이란 크나큰 깨우침을 주셨고, 늘 겸손해야 한다고 타일러주셨다. 고추장을 담글 엿기름은 "쌀락쌀락한 가을에 길러야 달다"는 요리 비법도 전수해 주셨다. 툭툭 던지는 말씀 하나하나가 어떤 스승의 말씀보다 지혜로웠다. 그런 어머니 말씀을 빼놓지 않고 기록했다. 그래서 어머니 간병 시간은 나의 인생 수업 시간이었다. 이토록 멋진 수업을 내가 어디서 또 받아볼 수 있을까.

암 수술 이후 많은 선후배 친구들이 큰 도움을 주셨다. 거듭 감사드린다. 그 덕분에 어머니는 3년을 더 사실 수 있었다. 그 3년의 시간 동안 어머니 치료와 간병에 유용한 정보의 상당 부분은 온라인 친구들에게서 얻었다. 병은 소문내라 했던가. 페이스북에 어머니의 발병부터 치료 과정을 꾸준히 올렸더니 일면식도 없는 친구들과 글을 접한 분들로부터 다양한 정보와 물품들이 답지했다. 한국뿐만 아니라 중국, 캐나다, 호주, 미국 등 세계 여러 나라에서 어머니의 투병을 응원해주셨다. 역시 세상은 인드라망因陀羅網으로 이어져 있다는 사실을 새삼 깨달았다.

페이스북으로만 공유했던 어머니의 인생 수업을 더 많은 세상의 인연들과 나누기 위해 책으로 묶어낼 결심을 했다. 어머니 사후가 아니라 살아 계실 때 책으로 묶어내고 싶었다. 병석에 누운 후 어머니는 틈만 나면 아무 일도 못 하고 누워만 있는 당신이 가치 없는 삶을 살고 계시다 한탄하셨다.

그래서 당신의 살아 있음이 얼마나 큰 가치가 있는 일인지를 알려드리고 싶었다. 얼마나 많은 사람들이 어머니 당신의 말씀과 의지에 감동받고 있는지 알려드리고 싶었다. 당신의 선한 영향력이 더 넓은 세상으로 퍼져나가는 것을 보여드리고 싶었다. 하지만 슬프게도 어머니는 책을 만드는 과정에 운명하시고 말았다. 끝내 당신의 이야기가 담긴 책을 받아보지 못하셨다.

어머니를 간병하면서 얻었던 가장 큰 깨달음은 나이 들어 노동력을 잃고 병자가 되신 우리 부모님들은 결코 잉여인간이나 피부양자가 아니란 사실이다. 우리는 부모님들이 만든 세상에 살고 있고 그분들이 지어 올린 성채에서 안락을 누리고 있다. 하지만 우리는 그 고마움을 모른다. 마치 제가 만든 세상이라도 되는 양 착각하고 살아간다. 더러 노동력을 잃고 약해지고 환자가 된 부모님을 짐스러워하기도 한다. 부모님들도 주눅 들고 미안해하신다. 하지만 실상 더 큰 문제는 우리 사회 발전을 위해 기여해온 어르신들을 잉여인간 취급하며 부양에 대한 책임을 개인에게 떠넘기려는 사회적 분위기다. 정부가 5년간 미래의 생명을 위해 출산 장려 예산으로만 198조를 쏟아붓는 것은 당연시하면서 정작 현재 살아계신 어르신들의 노령연금 몇만 원 올리는 것은 아까워한다.

부모는 결코 피부양자가 아니다. 부양을 받는 것이 아니라 당연한 권리를 누리는 것이다. 그것도 스스로 이룩한 사회적·개인

적 자산을 아주 조금 쓰다 가는 것뿐이다. 결국 대다수는 세상에 물려주고 가신다. 그러므로 부모님들은 더 당당히 요구하고 누리다 가실 권리가 있다. 우리 사회는 더 많은 권리를 누리게 해드릴 의무가 있다. 병들고 약해진 부모님은 결코 짐이 아니라 우리 사회가 감당해야 할 '무게'다.

이 책이 암을 비롯한 난치병으로 고통받고 있는 환우들에게, 또 그 가족들에게 용기를 줄 수 있으면 좋겠다. 먼저 얻은 정보들도 도움이 될 것이라 믿는다. 내 어머니, 내 가족의 목숨을 살리는 일보다 더 소중한 일이 세상에 무엇이 있겠는가. 영원한 사랑이신 내 어머니 끝임 씨 영전에 이 책을 바친다.

2022. 10. 12
강제윤 합장

차례

1부 | 나 아직 살아 있니?

2부 | 어머니의 레시피

3부 | 내 삶의 스승이신 어머니

4부 | 어머니와 함께한 3년간의 동행

1부

나 아직 살아 있니?

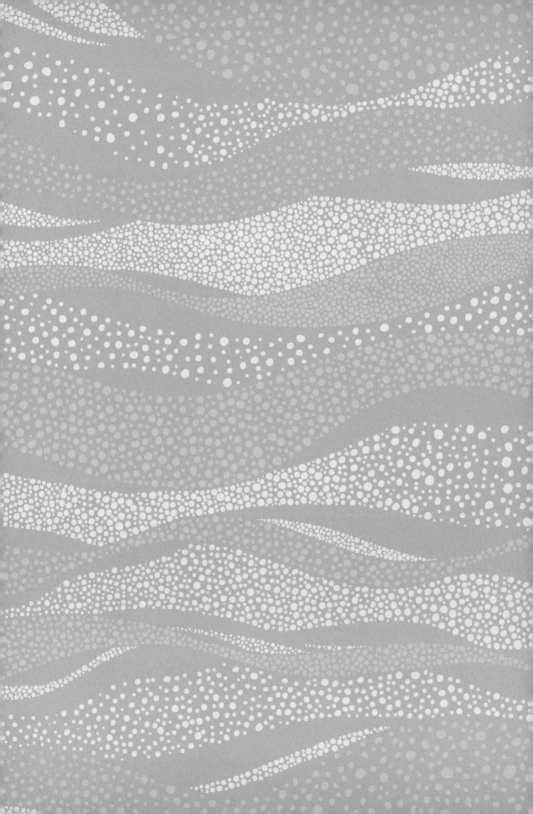

암 수술에 대한
조언을 구합니다

낙지는 산란 후 온 힘을 다해 새끼를 부화시킨 뒤 죽음을 맞이합니다. 새끼 낙지들은 흐물흐물해진 어미의 몸에 거미 떼처럼 달라붙어 어미의 몸을 뜯어먹고 자라납니다. 자신의 몸을 새끼들에게 다 내어준 어미는 흔적도 없이 사라져버립니다. 사람도 다르지 않겠지요. 생각해보면 나는 일생 어머니의 혈관에 빨대를 꽂고 살아왔습니다. 평생을 자식들에게 피를 빨려 앙상해진 어머니는 이제 암세포에게도 몸을 내주고 소멸해가는 중입니다.

생명을 주시고 그도 모자라 평생을 다 내어주신 분인데 정작 아들은 어머니의 생명이 경각에 달려 있어도 해드릴 수 있는 것이 아무것도 없습니다. 그저 가슴을 부여안고 날마다 밤을 지새

울 뿐입니다. 어머니는 딱 10년 전에 치주암 수술을 받고 완치됐다 싶었는데 2019년 10월 다시 구강암 말기 진단을 받았습니다.

어머니는 치주암 수술 후 스스로 절제된 식습관으로 자가 치유를 해오셨습니다. 10년 내내 튀긴 것, 기름진 것은 일체 멀리하셨고 채식으로만 살아오셨지요. 그렇게 극도로 절제된 삶을 사셨는데도 새로운 암세포의 공격을 피하지 못하셨습니다. 노화에 따른 질병과 죽음은 삶의 자연스러운 과정이기에 거부할 수 없겠지요. 필멸의 존재에게 소멸은 당연한 수순일 뿐입니다. 하지만 어찌 슬픔이 없겠습니까.

입안에서 자란 암세포는 턱뼈로까지 전이되었고 임파선으로도 전이 중입니다. 수술도 고려해봤으나 열 시간도 넘는 대수술이고 어머니의 암 진단을 해준 인천의 어느 대학병원 협진 의사는 구강암 수술을 받고 재발하지 않은 사람이 단 한 명도 없다는 이야기를 했습니다. 그리고 수술에 대한 기대를 접었습니다. 어머니도 수술을 거부하셨고 죽음을 받아들이겠다 하셨습니다. 그 마음이 진정이면서도 진정이 아니시길 바랄 뿐입니다.

고령에 쇠약해진 몸 상태라 항암도 어렵다 하니 이제 남은 방법은 방사선 치료뿐이라는군요. 하지만 이 또한 완치의 보장은 없습니다. 고통을 줄이고 더 확산시키는 것을 막기 위한 처방일 뿐입니다. 잠깐의 연명 치료 이상의 의미는 없는 듯합니다. 질병도 고통도 죽음도 필연이니 이를 피해갈 도리는 없는 줄 압니다. 하지만 어머니께서 얼마 남지 않은 생의 마지막 시간을 덜 고통받고 사실 수 있게 돕는 것이 자식으로서의 마지막 도리라 생각합니다. 그래서 혹여 주변에 비슷한 경험이 있는 분들께 조언을 부탁드립니다. 고맙습니다.

2020. 1. 5

어머니와
고춧가루

　주변의 반대가 많았고, 어머니도 수술받기를 거부하셨고, 나도 수술에 회의적이었지만 결국 어머니의 암 수술을 감행했다. 오로지 고통을 덜어드리기 위해서였다. 볼 안의 암 덩어리는 턱과 치아는 물론 임파선까지 전이되어 있었다. 수술을 이겨낸다 해도 방사선과 항암 치료를 견디기 어려울 것이라고들 했지만 마약성 진통제도 듣지 않아 괴로워하는 어머니를 더는 두고 볼 수 없었다. 죽고 사는 것은 추후의 문제였다. 고통 속에서 돌아가실 날만을 기다리게 하는 것 또한 못할 일이었다.

　거듭된 고민 끝에 결국 수술을 선택했고 수술 중 돌아가실 수도 있음을 각오했다. 입안의 암 덩어리를 제거한 후 암세포가 전이된 턱뼈와 치아 절반을 잘라내고 다리뼈와 종아리 살을 떼어다 다시 이식하는 열 시간의 대수술이 끝났다. 비유가 아닌 진실로 뼈를 깎는 고통의 시간이었다. 중환자실에서 혼수상태로 며칠을 보내시고 일반 병실로 옮겨온 날 아침.

여전히 산소호흡기를 달았으나 어머니가 눈을 뜨고 사람을 알아보는 듯싶어 안도의 숨을 쉬는데 갑자기 느린 손짓으로 다가오라 부르신다.

"네, 어머니. 뭐 하실 말씀 있으세요?"

묵묵부답.

아들이 더 가까이 다가가 고개를 숙이자 어머니가 손을 힘겹게 뻗어 아들 윗옷 가슴팍에 묻은 고춧가루 하나를 떼어내 주신다. 어머니는 이내 다시 눈을 감고 혼곤한 잠 속으로 빠져드신다. '아니 대체 그 와중에 그 작은 고춧가루가 어찌 보일 수 있단 말인가, 혼수상태에서 막 깨어나신 어머니가.' 죽음의 문턱까지 가서도 끝을 모르는 어머니의 아들 걱정에 못난 아들은 그저 가슴이 미어질 뿐이었다.

2020. 2. 22

코로나보다
어머니가 더 무서워요

병상에 누워계신 어머니가 모처럼 웃음을 주신다.

"내 핑계 치고 술 많이 먹지 말고 집에 가서 쉬어라. 코로나 때문에 무섭다."

귀신이시다.

수술을 받고 중환자실에서 나와 이틀째 병상에 누워 계신 어머니. 수술한 입안이 아물지 않아 말씀을 못하시니 노트에 적어서 글로 생각을 전해주신다.

어머니가 아픈 것 때문에 괴롭다는 핑계로 아들은 위문 차 찾아온 친구들과 술 한잔 하고 병실로 돌아왔다. 그런 아들에게서 술 냄새가 났나 보다. 어머니는 자신의 아픔보다 아들이 술 마시

다 코로나에라도 걸릴까 봐 그것이 더 걱정이시다. 병상에 누워
서도 아들의 속을 다 들여다보는 어머니.

"아이고 어머니. 코로나보다 어머니가 더 무서워요."

2020. 2. 23

기저귀를
갈아드리며

아들은 오늘 처음으로 어머니의 기저귀를 갈아드렸다. 아이를 낳아 길러본 적도 없으니 평생 처음 기저귀란 것을 갈아본 것이다. 간병을 하면서 어머니가 딸이 없어 복이 없구나 싶었는데 이제는 아들도 딸 노릇을 하면 되는구나 싶다.

어머니는 힘이 없어서 며칠 변을 못 봐 고통스러워하셨다. 기력을 찾아드리려고 영양제도 주사하고 낮에는 유기농 포도즙을 구해다 떠먹여 드렸다. 그 덕인지 기저귀에 시원하게 변을 보셨다.

수술 후 열흘 만에 제법 큰 덩어리를 내보내셨으니 이제 위장이 제대로 가동하기 시작했다는 뜻이다. 참으로 다행스럽다.

변을 본 기저귀를 빼내고 엉덩이를 물티슈로 깨끗이 닦아드리니 처음에는 얼굴을 찌푸리시던 어머니가 기분이 좋으신지 희미하게 웃으며 "미안해" 하신다.

"뭐가 미안해요. 어머니는 저 애기 때 맨날 갈아주셨잖아요."

"아냐, 갈아준 적 없어. 촌에 무슨 기저귀가 있었겠니."

맞다. 그 시절 내가 살던 고향 섬에 기저귀 같은 게 있었을 턱이 없었지. 그냥 아무데나 싸지르면 어머니가 닦아내 주셨겠지. 몸은 쇠약하고 병들었어도 정신은 아들보다 더 멀쩡하신 어머니. 저러다 어느 날엔가 육신은 사라지고 정신만 남으시려나.

2020. 2. 28

어머니라는
의사

아침, 병상에서 어머니의 변을 보게 하고 기저귀를 갈고

또 미음을 떠먹여 드리면서 알았다.

경험은 없지만 이게 바로 아이를 기르는 일과 같겠구나.

육아와 같겠구나.

그래서 문득 드는 생각.

육아는 단지 아이를 기르는 일이 아니구나.

사람을 살리는 일이구나.

목숨을 살리는 일이구나.

어머니란 존재는 의사와 같구나.

아니 생명을 창조하기까지 했으니 의사보다 더 위대한 존재구나.

생명을 만들고 목숨을 살리는 창조주 어머니.

아이를 낳고 기르는 어머니들은 의사보다 더 귀한 대우를 받아야겠구나.

육아 노동은 의료 노동보다 더한 가치를 인정받아야겠구나.

2020. 2. 29

나 아직
살아 있냐?

　암병동의 아침. 미음 조금 드시고 혼곤한 잠에 빠졌다 깨어난 어머니. 뭐라고 웅얼거리신다. 턱뼈 일부와 아랫니 절반을 잘라 낸 탓에 발음이 부정확하다.

　"뭐라고요 어머니?"

　"나 아직 살아 있냐?"

　"뭐가 그리 급하세요. 가시려면 아직 멀었어요."

　"그래도 어서 가야지. 너희들 고생 안 시키려면."

　"정신 멀쩡하신 것 보니 금방 일어나시겠어요. 급한 것도 없으니 천천히 가세요."

　어머니는 고개를 가로젓는다.

"이제 그만 나를 이대로 보내주렴. 처음부터 내 갈 길이었다. 너도 이제 술 좀 그만 먹고."

"오래 누워 계셨으니 걷는 연습 좀 해요."

보조기구에 의지한 어머니를 모시고 병실을 나서려는데 어머니가 또 뭐라고 웅얼거리신다.

"마으흐."

"뭐요, 어머니?"

어머니는 손으로 입을 가리는 시늉을 하신다. 아, 마스크. 코로나, 역병이 창궐하고 있다는 것을 아들은 잠시 잊었다. 얼른 하늘에 가고 싶다던 어머니, 마스크 야무지게 쓰고 휘청휘청 허깨비처럼 발을 옮긴다.

2020. 3. 2

어머니와
함께하는 여행

수술 직전 38킬로그램에 불과했던 어머니의 몸무게가 36일 만에 44킬로그램이 됐다. 아직 멀었지만 이제 조금 안도감이 든다. 직접 해드린 음식 덕분이라고 생각한다. 약식동원藥食同源. 음식이 곧 약이란 진리를 새삼 확인하는 중이다.

퇴원 직후부터 직접 미음을 끓여드리고 있다. 하루 세 끼, 매 끼니마다 끓여둔 오리죽 베이스에 죽염으로 간을 하고 잣을 갈아 넣거나 표고버섯 가루와 들기름을 등을 넣어 새로운 맛의 미음을 만들어드린다. 씹을 수도 없고 입맛도 없으니 같은 것을 연달아 해드리면 맛이 없다 하신다. 그러니 늘 새로운 레시피의 미음을 개발해야 한다.

그래도 음식 만드는 일이 즐겁다. 내가 워낙에 요리하기를 좋아하기 때문일 것이다. 미음 한 그릇 비우는 데도 1시간 반이 걸리고 여전히 삼키기 어려워하시지만 아들이 해준 것이라고 드시니 다행이고 고맙다.

퇴원 뒤 한동안 어머니를 인천 집에 모시고 있다가 방사선 치료를 위해 홍대 근처에 방을 구했다. 인천에서는 병원까지는 왕복 2시간이나 걸리니 무리겠다 싶어 병원 근처에 방을 구해놓고 통원 치료를 받게 해드리고 있다. 마침 코로나 때문에 손님들이 없어서 아주 싼값에 내놓은 방이 있었다. 어머니 덕분에 홍대 앞에도 살아보고 이런 호사가 없다. 사는 일이 결국 여행이 아닌가. 지금이 아니면 어머니와 언제 또 이런 여행을 해볼 수 있을까. 하루하루가 소중한 날들이다.

2020. 3. 17

엄마라는
호칭

소년 시절 어머니에게 엄마라 부르는 동무들이 부러웠었다. 내가 어렸을 때 어머니는 갓 낳은 동생을 품고 섬을 떠나 부산으로 이주했다. 그 시절 섬사람들은 먹고살기 위해 섬을 떠나야 했다. 둘을 다 데리고 갈 수는 없으니 나는 섬에 남아 할머니 손에 키워졌고 10년쯤 지난 뒤 어머니와 다시 함께 살게 됐다. 낯선 땅 인천이었다.

그 10년 동안 몇 번쯤 어머니를 봤을 테지만 기억은 흐릿하다. 아무튼 유년을 지나 소년이 돼서야 어머니를 다시 만났으니 자연스럽게 어머니라는 호칭을 사용했다. 동생은 엄마라 쉽게 부르는데 나는 엄마라는 호칭이 나오지 않았다. 누가 그 호칭을 못 쓰게 말리는 사람도 없는데 그랬다. 동생이 마냥 부러웠다.

그리고 수십 년 동안을 어머니라는 호칭으로 불렀다. 그런데 요즘 간병을 하면서 가끔씩 엄마라 부르곤 한다. 점점 아기가 되어가는 어머니는 무뚝뚝한 아들이 엄마라 부르면 환하게 웃으며 좋아하신다. 엄마, 나도 이 호칭이 그리 좋은 줄 처음 알았다. 엄마, 참 따뜻한 호칭이다. 더 자주 엄마라 불러야겠다. 간병을 하면서 소중한 것들을 내가 더 많이 얻고 있다. 고마워요, 엄마.

2020. 3. 22

그래
살아야겠다

"병원 가서야죠 어머니, 어서 일어나세요."

"가기 싫다."

방사선과 항암 치료가 함께 있는 날. 방사선은 매일, 항암은 주 1회. 날마다 전쟁이다.

수술은 잘 끝났으나 이미 임파선과 머리 쪽으로 전이가 진행 중이라 추가 치료가 필요했다. 주변의 의견은 찬반이 비슷했다. 어찌해야 할까? 무조건 수술 후 한 달 안에 항암과 방사선 치료를 동시에 받아야 효과가 있다고 확신하는 의료진. 대수술을 받고 음식도 제대로 먹지 못해 회복도 안 됐는데 무조건 매뉴얼대로 할 것을 강권하니 도무지 판단이 서지 않았다. 한 가지만 받기에도 체력이 부족한데 두 가지를 다 받아야 한다니 어찌해야 할까.

친분 있는 한방·양방 의사들, 암 치료 경험자들의 의견을 듣고도 쉽사리 결론을 내릴 수 없었다. 마지막으로 어머니에게 의견을 물었다.

"이래 죽으나 저래 죽으나 마찬가지니 한번 받아보자."

처음에는 더 이상 치료를 받지 않겠다던 어머니가 마음이 바꾸셔서 그리 결정했다. 연명 치료 거부 동의서에 사인도 하셨다.

3주차 항암 방사선. 그동안은 힘겹게 잘 버텨주셨다. 그런데 며칠 전부터 이제 그만 받고 싶다 하신다. 물 한 모금 삼키기도 고통스러우시니 왜 아니겠는가. 오늘도 병원에 안 가시겠다고 고집을 피우신다. 병원을 가고 안 가고의 문제가 아니라 삶의 끈을 놓느냐 마느냐의 문제다. 약간의 구토기와 음식 먹기 힘들어하는 것 빼고는 그나마 큰 부작용이 보이지 않으니 버틸 수 있는 데까지 버텨보는 것이 옳지 않을까.

"이렇게 힘들게 조금 더 살면 뭐한다냐. 나는 살 만큼 살았으니 갈란다. 이제 보내줘라."

"저도 얼른 보내드리고 싶어요. 고통 없는 세상에. 조금 더 산다고 인생 뭐 달라지는 것도 없고, 별 의미 없죠. 그래도 어머니는 더 사셔야 해요."

"왜 살아야 하는데?"

"어머니도 내세나 다음 생 같은 거 없다고 생각하시잖아요."

무신론자인 어머니.

"그런 게 뭐가 있겠어. 죽으면 끝이지."

"그러니까 사셔야 해요. 어머니 돌아가시고 나면 우리 다신 볼 수 없잖아요. 이제 작별하면 영원히 만날 수 없잖아요. 그러니까 무조건 더 사셔야 해요."

잠깐 생각에 잠기셨던 어머니.

"그래 네 말이 맞구나. 살아야겠다. 얼른 병원 가자."

이렇게 또 하루의 전투가 시작된다.

2020. 3. 31

양로,
양육의 기쁨

ㅎ

아침, 어머니께 드릴 바지락탕을 끓였다. 바지락은 봄이 제철이다. 봄 바지락은 달다. 봄 바지락은 어떤 양념이나 부재료 첨가 없이 오로지 바지락에 물만 넣고 끓여야 한다. 간도 할 필요가 없다. 그래야 본 맛을 온전히 느낄 수 있다. 제맛으로도 차고 넘친다. 그 국물은 감미롭고 살은 통통하니 고소하다.

항암 방사선을 하면서 늘 구토를 달고 사니 냄새에 특히 민감해, 이 좋은 봄 바지락탕도 안 드시겠다고 하신다. 고기도, 생선도, 조개도, 향이 짙은 음식은 다 거부하신다.

입맛이 없으니 매 끼니 새로운 미음과 새로운 국물을 만들어야 한다. 현미와 곡물 불린 것, 두부, 채소, 과일 등이 주원료다. 요리가 어려운 것이 아니라 다른 맛을 내기가 쉽지 않다. 모든 재료를 믹서로 갈아서 유동식으로 끓여드리니 그 맛이 그 맛이기 때문이다. 게다가 고기도, 생선류도 사용할 수 없으니 매번 다른 맛을 내기가 쉽지 않다.

어머니가 기껏 만든 음식을 맛없어 못 먹겠다 하시면 군말 없이 바로 버리고 그 자리에서 다른 음식을 해드린다. 그러면 못내 드신다. 아깝고 미안한 마음에서일 것이다. 그렇게라도 드시게 해야 하니 어쩔 수 없다.

오늘은 바지락국과 채소 영양 스프를 끓였다. 현미를 하루 동안 불렸다 갈고, 녹두 가루, 표고버섯 가루에 잣과 양파, 대파, 토마토를 갈아 넣고 죽염으로 간을 해서 푹 끓였다. 토마토와 대파를 넣어서인지 상큼하고 맛있다. 어머니 덕분에 나도 맛난 수프를 한 그릇 비웠다.

바다 것은 다 싫다고 고개를 절레절레 흔드시던 어머니가 오늘 봄 바지락 국물은 시원하다며 달게 드신다. 고맙다. 어머니를 간병하면서부터 어미가 되어보지 않고도 어미의 심정을 조금은 알 듯하다. 아이가 몸에 좋지만 안 먹던 음식을 먹게 됐을 때 어머니의 마음이 이런 것이겠구나 싶다. 양로, 양육의 기쁨.

2020. 4. 5

최선의 치료법을
찾아가는 과정

ㅎ

    결국 살아서 집에 돌아오셨다. 수술 후 잠깐 집에 들렀다가 바로 홍대역 부근에 방을 얻어 통원치료 한 지 40일, 어제 어머니를 모시고 인천의 집으로 돌아왔다. 사람은 집의 영혼. 어머니가 돌아오자 집에는 다시 영혼이 깃들었다. 석 달 전 암 수술을 위해 집을 떠날 때는 어머니가 살아서 돌아올 가능성이 크지 않았다.

    항암과 방사선 치료를 하시면서 어머니는 생선은 물론이고 고기나 곰국 같은 것도 일체 거부하셨다. 냄새에 유독 민감했다. 오로지 곡물만 원하셨다. 그냥 흰쌀로만 미음을 끓여달라 요구하셨다. 그 요구는 들어드릴 수 없었다. 그리해서는 못 버틸 것이 뻔했다. 생협이나 농협 하나로마트 등을 찾아가서 흑염소 즙을 사고

녹두 가루, 생콩 가루, 마 가루, 율무 가루, 표고버섯 가루, 양파 가루 등을 사다 놓고 매끼 미음을 끓였다. 잣과 호두 같은 견과류는 꾸준히 넣었고 때마다 양파, 당근, 대파, 토마토, 삶은 달걀 등을 바꿔가며 갈아 넣어 끓였다. 간은 죽염으로 했다.

가끔씩 참기름을 넣어드렸다. 거부하면 뺐다가 다시 넣곤 했다. 싱싱한 딸기도 농장에서 직접 구해 와 갈아드렸고 파인애플을 뜨거운 물에 담갔다가 갈아드렸다. 파인애플이 암세포 파괴에 좋다는 정보를 접하고부터였다. 가루로 끓이는 음식이라 맛은 늘 거기서 거기였다. 그래도 때마다 다른 재료를 조금씩 첨가하면 맛이 조금이라도 달라졌다. 처음에는 무조건 거부하시다 맛을 보곤 괜찮다 하셨다. 이제는 김칫국물을 반찬으로 미음을 드시니 밋밋한 미음 맛을 상쇄해서인지 좋아하신다. 여전히 혼자서는 미음도 물도 잘 삼키지 못하니 떠먹여 드리고 있지만 이 또한 차츰 좋아지고 있다.

겪어보니 암과의 싸움은 결코 환자 혼자만의 싸움이 아니다. 의사만의 싸움도 아니고, 가족의 싸움도 아니다. 환자의 의지만으로 이길 수도, 의사의 처방만으로 이길 수도, 가족의 조력만으로 이길 수도 없는 싸움이다. 환자와 의사 가족 연합군이 힘을 합해야 하는 싸움이다. 그래서 어느 한쪽 의견에 매몰되지 않고 균형을 잘 잡는 것이 중요하다. 병원에서 권유한 수술과 항암 방사선도 받았고 병원에서 반대한 한약과 흑염소 즙, 면역 강화제 등의 민간요법도 병행했다. 요양원에서라면 불가능했을 음식들을 곁에 있으면서 그때그때 상황을 봐가며 직접 해드렸다. 이 또한 큰 힘이 된 듯하다.

아무리 수술이 잘 됐고, 방사선과 항암 치료를 잘 받았다 하더라도 여전히 말기 암 환자의 생존율은 20퍼센트도 못 된다. 그러니 앞으로 어찌 될지 알 수 없다. 하지만 어머니께서 일차 관문은 굳건히도 잘 견뎌내 주시고 있다. 앞으로도 할 수 있는 최선을 다해볼 생각이다. 완치에 대한 보장은 없고 오래 사실 거라는 기대도 없다. 다만 죽는 순간까지 고통을 덜 받다 가시게 해드리고 싶은 것이 유일한 소망이다. 내 어머니를 살리는 일이 어찌 세상을 구하는 일보다 가볍다 할 수 있을까.

아직 갈 길이 멀었고 어찌 보면 지금부터가 시작일지도 모른다. 여전히 헤매고 있지만 암에는 처음부터 최선의 치료법이란 존재하지 않는 듯하다. 그저 최선의 치료법을 찾아가는 과정만 있을 뿐.

2020. 4. 25

파안
대소

오늘은 어머니가 파안대소하신다.

대체 얼마 만인가.

집에 오자마자 살림 정리부터 시작하신 정리의 달인 어머니.

아들의 우스갯소리에 크게 웃으신다.

어머니의 웃음을 다시 보게 될 줄이야.

천만불짜리 웃음도 이보다 더 귀하지는 않으리라.

치통 발발에서 구강암 말기 진단,

수술과 항암 치료로 이어지는 8개월 동안

고통에 지배당한 어머니는 단 한 번도 웃을 수 없었다.

1부 나 아직 살아 있니?

누구나 가진 웃을 자유를 박탈당했다.

웃음이 얼마나 큰 기적인지

평범한 일상이 얼마나 큰 기적인지를 새삼 깨닫는다.

이제 겨우 한고비 넘었을 뿐 아직 갈 길이 멀다.

더 험한 고갯길이 기다리고 있을지도 모른다.

그래도 그 길에서 더 자주 웃음을 보았으면 좋겠다.

어머니의 환한 웃음을.

2020. 4. 27

네가 건강해야지,
나만 살면 뭐해

어머니에게 고용량 비타민C 요법을 시작했다. 수술과 항암, 방사선이 끝나니 대학병원에서는 더 이상 치료법이 없고 한 달에 한 번 정기 검진만 있을 뿐이다. 그러니 병원 치료 후 암 재발 방지를 위한 치료는 오로지 환자와 가족의 몫이다. 결코 병원에서 알려주지 않는다. 환자와 가족이 끊임없이 공부해서 살 방법을 찾아내야 한다. 예방보다 치료가 중심인 이 나라 의료 시스템의 한계다.

고용량 비타민C 요법은 고농축된 비타민C를 혈관에 직접 투여해 항암제의 부작용을 낮추고 항암 치료 효과를 얻는 치료법이다. 실제 임상에서 생존 기간 증가와 통증 완화 효과가 있었다고 한다. 고용량의 비타민C는 입으로 먹어서는 효과가 없고 몸속에 직접 투여해야만 항암 효과를 얻을 수 있다. 인간의 몸에는 암세포를 공격하는 50억 개의 킬러세포들이 있는데 대표적인 것이 자연살상세포인 NK세포Natural Killer Cell다. 비타민C는 NK세포를 활성화시키는 역할을 해 항암에 도움을 준다고 한다.

지난주 인천의 집 근처에서 고용량 비타민C 요법을 하는 가정의학과 의원을 찾아가 첫날은 20그램, 둘째 날은 40그램의 비타민C를 투여했다. 가정의학과 의사도 어머니의 상태를 보고 놀라워했다. 고령에 수술, 항암, 방사선 30회를 마쳤는데도 혈색이 좋다고 했다. 하지만 몸무게가 여전히 42~43킬로그램 언저리여서 일주일에 두 번씩 비타민 요법을 받기로 했다. 다음 주부터는 60그램까지 늘릴 예정이다. 지금까지는 구강암과의 싸움이었다면 이제부터는 어딘가에 전이됐을지 모르는 미지의 암세포와 싸움이다. 상대를 알 수 없으니 참 막연한 싸움이다. 그래서 더 긴장의 끈을 놓을 수가 없다. 비타민C는 그저 보조제일 뿐 결국 암세포를 억제할 제대로 된 면역력을 키우는 것은 음식이다. 균형 잡힌 영양의 공급이다.

하지만 수술과 항암, 방사선을 받으신 후 어머니는 기름기 있는 것을 일체 거부하신다. 고기나 생선은 물론 전복도 싫다 하신다. 갈아 만든 죽에 참기름 한 방울 떨어뜨려도 난리를 치신다. 냄새가 싫고 입이 받아주지 않으니 어쩌랴. 집으로 돌아와서도 내내 채식 재료만으로 죽을 끓인다. 녹두, 생콩, 율무, 표고 등의 가루와 잣, 호두 등 견과류를 갈아서 끓인 죽에 참기름 한 방울 넣어 드리려는데 오늘 아침도 손을 저으신다.

"참기름 싫으니까 생들기름 사 와라. 생들기름이 좋단다."

"네 어머니. 들기름은 드실 거죠? 유기농 들기름으로 사 올게요."

생협 매장에 가서 생들기름을 사 온 뒤 점심 죽을 차렸다. 멀건 미음과 단백질 음료, 물김치 국물이 전부인 식단. 중간중간 보약과 흑염소 진액 등도 드시지만 제대로 된 영양은 주식으로 보충해야 하는데 걱정이다. 한 가지라도 더 드시게 하려고 그래서 바로 생들기름을 사왔던 것이다. 죽을 살짝 데운 뒤 생들기름을 따라 한 수저 넣으려는데 어머니가 갑자기 또 말리신다.

"넣지 마라."

"아니 왜요? 어머니가 참기름 싫다고 들기름 사 오라 하셨잖아요? 이건 드셔야죠."

"아냐, 나는 먹겠다고 한 적 없어. 사 오라고만 했지. 너 먹으라고 사 오란 거야. 식용유 좀 먹지 말고 들기름으로 요리해 먹어. 식용유가 건강에 나쁘대."

"그런 게 어디 있어요. 또 딴소리하신다. 어머니 안 드시면 저도 안 먹을래요.”

"그래 그럼 먹지 마라. 나도 아무것도 안 먹을란다."

"어머니도 참.”

"니가 건강해야지. 나만 살면 뭐해.”

도대체 자식이 아무리 어미를 생각한다 해도 어미의 자식 사랑은 따라갈 수 없다.

2020. 5. 4

간병은
끊임없는 공부

일상이 기적이란 말, 진부한 것 같지만 결코 진부하지 않다. 대단한 것이 기적 같지만 일상을 지키고 회복하는 것만큼 큰 기적도 없다. 코로나로 일상을 잃어버린 세계가 그것을 증명한다. 세계는 지금 바다가 갈라지는 기적 같은 것이 아니라 그저 평범한 일상을 되찾기 위해 얼마나 치열한 투쟁을 벌이고 있는가.

어머니가 조금씩 일상을 되찾아가는 모습을 보며 새삼 그것을 느낀다. 기력이 조금씩 돌아오시는지 빨래도 손수 개고, 오늘은 드디어 혼자서 미음도 떠서 드셨다. 워낙에 정갈한 분이신데 그동안 얼마나 답답했을까 싶다. 그러니 기쁘지 않을 수 없다. 환자가 일상을 되찾는 데는 치료가 중심이지만 충분한 영양 공급도 그만큼 중요하다. 고기, 생선은 물론 기름기 있는 것은 참기름도 못 드시고 오로지 미음만 드시니 기력을 되찾기가 쉽지 않았다.

생기탕도, 흑염소 진액도, 단백질 음료도 날마다 드시지만 도무지 기력이 오르지 않았다. 그래서 알아보다가 조언을 받고 영양 보조제인 옥타미녹스와 글루타데이를 구입해서 드리고 있다. 작은 과립 한 포 드시고 바로 기력이 돌기 시작했다. 과립 한 포가 링거 한 병 맞는 것만큼 효과가 있다는 이야기를 들었는데 어머니는 실제로 효과를 보고 있다. 누구에게나 동일하게 작용할 수는 없겠지만 음식으로 영양 보충이 힘드신 분들은 한번 참고할 만하지 싶다.

환자를 돌보는 일은 끊임없는 공부와 정보 수집이 필수다. 정보의 홍수 속에서 핵심 정보를 찾아내는 일이 무엇보다 중요하다. 비슷한 어려움을 겪고 있는 분들에게 조그만 도움이라도 될 수 있기를 바라는 마음에서 정보를 공유한다.

2020. 5. 13

2부

어머니의 레시피

어머니가 드디어
김치를 담갔다

믿을 수 없는 일이 일어났다. 그제까지만 해도 스스로 미음 한 수저도 직접 드시지 못하던 어머니가 어제 저녁에는 물김치를 담그셨다. 시장까지 아들과 함께 나가서 무와 배추, 쪽파 등의 채소를 고르셨다. 재료를 집에 들어다 드리니 채소를 손수 다듬고 깨끗이 씻어 직접 칼로 자르기까지 하셨다. 어머니는 자른 무와 배추를 20분 남짓 소금에 절여두고 기다렸다. 배추가 숨이 죽자 거기에 배 하나를 썰어 넣고 쪽파와 다진 마늘을 넣은 뒤 생수를 부어 물김치를 담으셨다.

"국물지(물김치) 담글 때는 무나 배추는 너무 오래 절이면 안 돼. 썰어서 바로 담가야 아삭아삭해. 오래 절이면 맛없어."

"근데 왜 풀은 안 넣으세요?"

"국물지는 풀국 안 넣어야 시원해. 열무 물김치는 보리밥 갈아 넣으면 맛있고, 배추 백김치는 찹쌀풀을 넣어야 하고."

"아, 물김치도 다 다르네요."

병원에 계실 때부터 집에 가면 아들에게 물김치 한 통 담가주고 싶다고 노래를 부르시더니 기어코 물김치를 담그신 거다. 그런데 너무 느닷없어서 납득이 쉽지 않다. 그뿐만이 아니다. 낮에는 마당에 나가 30분간 볕을 쬐면서 걷기 운동도 하셨다. 저녁 미음도 직접 수저로 떠드시기까지 했다. 그런데 전혀 피곤한 기색이 보이지 않았다. 왜 갑자기 기력이 생긴 것일까. 변수라고는 옥타미녹스와 글루타데이밖에 달리 없다. 그것도 그제 한 포, 어제 한 포 각기 딱 두 포밖에 안 드셨는데. 도대체 이해가 되지 않는다. 그저 링거를 과립으로 만든 건강 보조 식품일 뿐인데 말이다.

포당 가격으로 따지면 3,000원도 못 된다. 그거 6,000원어치 드시고 저리 달라질 수 있다니 납득이 쉽지 않은 것이다. 물론 그간 드시게 했던 다양한 잡곡 미음과 생기탕, 브루스 주스, 콩 발효 식품, 흑염소 진액, 단백질 음료, 헤모힘 등으로 길러진 면역력에 옥타미녹스, 글루타데이가 더해지며 임계점에 다다라 효과가 증폭됐을 수도 있다.

아무튼 정확한 이유는 알 수 없지만 어머니는 과립 두 포 먹는 것으로 톡톡히 효과를 얻고 있다. 믿기지 않는 일이다. 약도 음식도 사람마다 제 것이 있을 것이다. 누구나 같은 효과를 기대할 수는 없다. 게다가 효과가 언제까지 갈지 알 수도 없다. 그래도 우선은 그저 고맙고 또 고마울 뿐이다. 어머니께서 직접 담가주신 물김치를 다시 먹어보게 되리라고는 꿈도 꾸지 못했었는데 또 한번 일상의 기적을 맛보고 있다.

2020. 5. 14

어머니의 무 요리가
달았던 까닭

　어머니가 사 오신 무로 도미조림을 만들었다. 비록 어머니는 못 드셔서 죄송하지만 아들도 먹어야 하니 조리한 것이다. 그런데 무가 아주 달다. 요즈음 나오는 새 무들은 이런 단맛이 나지 않는다.

　"어머니, 무가 왜 이렇게 달아요? 꼭 월동무 같아요."

　"제주 월동무라 달아."

　"아니 겨울 무가 아직도 있어요?"

　"이제 더는 안 나와. 저번에 마지막 남은 제주 월동무를 보관해 둔 거야."

　며칠 전 함께 장에 갔을 때 어머니는 무를 고르시며 흙이 묻은

　　　　　　　　　　　　2부 어머니의 레시피

채로 파는 거는 새 무고, 깨끗이 씻어서 파는 거는 저온 저장했다 나온 월동무라고 알려주셨다.

"월동무는 깨끗이 씻어서 물기 없애고 비닐 팩에 넣어 냉장고 아래 칸에 보관하면 석 달이 지나도 멀쩡해."

아, 그래서 여름에 어머니가 해주시던 무 요리가 달았던 것이 구나. 이제야 알았다. 어머니는 해마다 월동무를 사다 깨끗이 씻어 물기를 완전히 제거한 뒤 냉장 보관하고 여름 동안에도 달디 단 무로 요리를 해주셨던 거다. 여름에 나온 무는 심심해서 별로 맛이 없는데 어머니의 무 요리가 여름에도 그리 달았던 이유가 이것이다. 그 깊은 어머니의 정성을 이제야 깨닫는다.

"무는 위 칸에 보관하면 안 돼. 잘못하면 얼어버려. 무는 얼면 못 먹어. 꼭 아래 채소 칸에 보관해야 해."

"네, 네, 어머니."

오늘 어머니에게 또 하나 살림의 지혜를 배웠다.

2020. 5. 20

환자에게
속지 않는 법

섬에 갔다 나오는 길에 전복을 조금 사 들고 집에 왔다. 어머니는 또 뭘 사 오느냐며 타박이다.

"먹을 것 좀 그만 사 와라. 집에 있는 것 다 먹고 사 와."

"걱정 마셔요. 어머니 드릴 거 아니니까. 내가 먹고 싶어서 전복 좀 사 왔어요."

"잘했다. 깨끗이 씻어서 해 먹어. 이빨도 떼고 심줄도 잘라버리고."

"네, 네."

어머니는 아직도 고기나 생선은 물론 전복까지도 싫다고 꺼려 하신다. 냄새에 민감하신 탓이다. 곡물 가루만으로는 영양이 부

　　　　　　　　　　　　2부 어머니의 레시피

족한데 참기름도, 들기름도 싫다 하시니 무언가 방법을 찾아야 했다. 그래서 약간의 트릭을 생각해냈다. 환자의 상태도 고려해야 하지만 무작정 환자에게 끌려다녀서도 안 되는 것이 보호자다.

일단은 어머니 말씀대로 전복을 깨끗이 손질해서 내장과 몸통을 분리했다. 내장은 따로 빼놓고 전복 살만을 살짝 삶아낸 뒤 다시 물에 씻어 비린내를 말끔히 제거하고 믹서에 갈았다. 갈아낸 전복 살에 녹두와 콩가루, 표고 가루, 잣 가루, 율무 가루, 생양파 간 것 등을 넣고 푹 끓여 미음을 만들었다. 그러는 한편으로 남겨진 전복 내장과 살 일부를 넣고 별도로 현미를 불려 현미 전복죽을 끓였다. 혹시나 어머니의 의심을 피하기 위한 방책이다.

"어머니, 전복은 현미로 죽을 끓였어요. 야 맛나겠다. 어머니도 드시면 좋을텐데."

"내가 이가 있어야 먹지."

"갈아서 끓이면 되는데."

"그래도 지금은 속에서 안 받아주니 나중에 먹을게."

"네, 네, 그러세요. 어머니."

전복 살만 삶아서 갈아 만든 전복 미음. 어머니는 전복이 들어간 줄 모르고 맛나게 드신다. 비리지 않으니 전복은 드실 만하실 텐데 선입견 때문에 무조건 싫다고만 하셨던 거다. 그래서 생각해낸 방법이 어머니 몰래 먹이기다.

정말로 안 받아줘서 못 드신다면 어쩔 수 없을 것이다. 그래도 일단 한번 시도나 해보자 싶어서 몇 차례 전복 살을 갈아서 다른 곡물, 채소 들과 함께 미음을 끓여 드렸다. 이번에도 역시나 잘 드신다.

전복죽은 내장이 핵심인데. 내장이 빠졌으니 제대로 맛이 날 리가 없다. 입맛이 되살아나면 내장을 쌀에 박박 문질러서 진짜 맛난 전복죽을 끓여드려야겠다. 그런 날이 꼭 왔으면 좋겠다.

2020. 5. 24

다시 받은
어머니 밥상

어머니가 차려주신 밥상을 다시 받게 될 줄이야. 너무 행복한 아침이다. "조금 좋아지면 열무김치 담가줄게." 입버릇처럼 말씀하시더니 어머니가 기어코 열무김치를 담그셨다. 여름에는 열무김치가 최고 아닌가. 재료 준비하는 것은 아들 손을 빌리셨지만 김치는 어머니가 담그셨다. 열무와 얼갈이배추 약간에 양파를 하나는 갈아 넣고 하나는 잘라 넣고, 거기에 다진 마늘을 넣고 간은 막내이모가 보내준 멸치액젓으로 했다. 보리밥이 없어서 밀가루 풀을 묽게 쑤어서 넣었다. 그런데도 열무가 익으니 너무 맛있다. 어머니가 여름이면 늘 담가주시던 바로 그 열무김치 맛이다. 시원하고 아삭한 맛이 일품이다. 어머니는 열무가 좋았고 액젓이 좋았기 때문이라고 하신다. 자극적인 양념이 없으니 맛이 슴슴하면서도 깊다.

거기에 얼마 전 어머니가 담그셨던 물김치까지 푹 익어서 시원하기 그지없다. 물김치는 아주 단순한 재료로 만들었다. 무와 배, 양파, 쪽파, 마늘이 전부다. 조미료나 설탕은 한 톨도 안 들어갔다. 배가 달았던지 느끼하지 않은 단맛의 잘 삭은 국물이 속을 뻥 뚫어준다. 또 현미와 콩을 넣고 지은 밥까지. 어머니 솜씨가 배어든 단출하지만 천연의 음식들. 더없이 맛있고 충만한 밥상이다. 게다가 미음일지언정 이제는 떠먹여 드리지 않아도 어머니가 손수 드시니 함께 밥상머리에 둘러앉아 먹게 된 것은 어디에도 비할 수 없는 기쁨이다. 살아만 계셔도 좋고 고마운 것을, 어머니가 직접 만들어주신 밥상에서 어머니와 함께 아침을 먹게 되다니 그저 감사할 뿐이다. 함께 먹는 밥상이 얼마나 큰 기적인지를 새삼 느끼는 아침이다.

구강암 말기 발병 후 8개월 만에 사지에서 돌아오신 어머니. 삶이란 게 한 치 앞을 알 수 없고, 중증 암 환자는 수술이 잘 되고 항암 치료도 잘 받아 회복되는가 싶다가도 재발도 많다. 그러니 마냥 기뻐할 일만은 아니란 사실을 잘 안다. 진짜 앞으로 또 어찌 될지는 알 수 없다. 하지만 징그러운 고통에서 벗어나 죽음의 문턱에서 소생하신 것만으로도 충분히 고마운 일이다. 그것이 잠깐이라 할지라도 그렇다. 그래서 직접 담가주신 김치에 함께 먹는 한 끼 한 끼가 무엇보다 소중하다. 평온한 일상을 맞이할 수 있는 것보다 더 큰 행복이 어디 있을까 싶다. 우리가 간절히 바라는 세상도 뭐 대단한 것은 아니지 않은가. 일상의 평화가 깨지지 않는 세상, 평화로운 일상의 지속이 아닌가.

2020. 6. 6

어머니
열무김치의 비밀

어머니가 열무김치를 담그려 준비하신다.

"힘든데 왜 또 김치를 담그시려고 하세요?"

"열무가 눈에 좋대. 네가 눈이 안 좋아서 걱정이다."

맨날 컴퓨터 앞에 앉아 있는 아들 눈 나쁜 게 걱정이 돼서 어머니가 또 열무김치를 담그시려는 거다. 다진 마늘, 쪽파, 간 고추, 새우젓, 멸치액젓, 밀가루풀. 역시나 고춧가루 대신 홍고추를 갈아 넣으신다. 이번에는 열무와 얼갈이배추를 함께 넣고 담그셨다. 그냥 보는 것만으로도 행복하다.

어머니가 김치나 또 다른 요리를 하실 때마다 하나하나 기록하고 있다. 내내 어머니 김치를 얻어먹을 수 없기 때문이다. 나중에는 내가 직접 어머니 레시피로 담가 먹어야 할 테지. 그래도 오늘은 행복하다. 어떤 선물보다 귀한 선물을 받았다.

너무 시원하고 아삭아삭하니 맛나다. 사서 먹는 열무김치들은 텁텁해서 별로인데 어머니의 열무김치가 시원한 이유는 무얼까. 비법은 바로 고춧가루 대신 잘 익은 홍고추를 갈아 넣은 것이다. 예전에도 생홍고추가 없을 때는 말린 고추를 보관했다가 물에 불린 뒤 갈아서 담가주시곤 했다. 그때도 시원했는데 생홍고추를 갈아서 담그니 시원한 것은 물론 단맛까지 느껴진다. 설탕 따위 필요 없는 천연의 단맛.

"먹을 만하냐?"

"너무 맛있어요. 어머니."

"열무가 부드럽고 좋았어. 질기면 맛없거든. 액젓도 맛있고."

"어떤 액젓 쓰셨는데요?"

"광주 이모가 봄에 알배기 멸치를 사다 직접 젓갈을 담가 가을에 거른 거라고 보내줬어."

올여름은 어머니의 열무김치 덕에 시원하게 지낼 수 있을 듯하다. 살아 계셔서 주시는 것만으로도 감사한데 이런 맛난 열무김치까지 담가주시니 눈물겨운 날이다.

2020. 6. 26

원조 도시농부
어머니

어머니가 마당의 자투리땅에 심으신 호박과 고구마가 자라고 있다. 올해는 암 치료를 받으시느라 때를 놓쳐 제대로 농사를 짓지 못하셨다. 겨우 고구마 몇 개, 호박 씨앗 몇 개를 심으셨을 뿐인데 벌써 무성하게 자랐다. 이번에는 열매를 얻기 위해서가 아니다. 때가 늦었지만 버릇처럼 심으신 거다.

어머니는 인천 집에 살면서 해마다 농사를 지으셨다. 화단은 물론 화분에도 흙을 담아 좁은 마당이 꽉 차도록 농사를 지으셨다. 이 집으로 이사 온 뒤 25년간 한 해도 거르지 않고 농사를 지으셨다. 요즘 유행하는 도시농부 생활을 누구보다 먼저 해오신 거다. 25년 차 도시농부 어머니의 손길이 닿으면 마법처럼 모든 농사가 잘됐다.

상추, 오이, 가지, 늙은 호박, 단호박, 토마토, 고구마, 수세미는 기본이고 고추도 풋고추 따 먹는 것을 넘어 말려서 고춧가루를 빻을 정도로 많이 수확하셨다. 그래서 도심 한복판이지만 여름, 가을 식탁의 채소는 모두 어머니가 농사지은 것으로 채워졌다. 내 손은 똥손인데 어머니 손은 금손이었다. 해마다 된장, 고추장도 직접 담그셨다. 장독에는 아직도 어머니가 담그신 된장, 고추장이 남아 있다.

늦게 심은 호박, 고구마가 수확이 잘 될지는 모르겠다. 호박은 몇 개쯤 따 먹을 수도 있을 것이다. 올해 어머니의 농사는 휴경인 셈이다. 내년 봄에는 어머니가 도시농부로 화려하게 복귀하셨으면 좋겠다. 내년에는 어머니가 기르신 오이와 가지로 만든 오이무침, 가지나물을 맛볼 수 있으면 더 바랄 나위 없겠다.

2020. 7. 27

주독에 절은 속이
확 풀리는 맛, 황태국

오늘은 또 어머니가 황태국을 끓여주셨다. 어머니가 암에 걸리신 뒤 다시는 맛볼 수 없을 줄 알았던 어머니의 황태국. 어머니는 먼저 멸치와 채소, 사과를 넣고 육수를 우려내셨다. 그런 다음 일일이 손으로 다듬은 황태채를 참기름에 볶은 뒤 육수를 붓고 나박하게 썬 무와 양파, 마늘, 풋고추 등을 넣어 황태국을 끓이셨다.

나도 잘 끓이는 게 황태국이지만 어머니의 황태국이 그리웠다. 그래서 어머니가 황태국을 끓이시겠다고 할 때 말리지 않고 묵묵히 받아먹었다. 병원에 누워계실 때 어머니는 어서 일어나 김치도 담가주고 황태국도 끓여주시겠다고 약속하셨다. 그 약속을 잊지 않고 오늘은 황태국을 끓여주셨다. 역시 시원하다. 주독에 절고 꼬여 있던 속이 확 풀리는 맛이다. 술 좋아하는 아들이 걱정돼서 맑은 해장국을 끓여주신 어머니. 나는 여전히 불효의 삶을 사는구나. 그래도 행복하다. 황태국을 끓여주신 어머니도 행복하신 듯하다. 대단한 행복이 따로 있을까. 이런 것이 진짜 행복이 아닐까.

2020. 7. 31

어머니를
살리고 있는 힘

ㅂ

어머니가 늦게 심은 호박과 고구마는 넝쿨이 무성해졌지만 결국 열매를 맺지 못하는 듯 보였다. 그래도 호박꽃은 피어났고 고구마는 밑은 안 들었지만 순은 푸릇푸릇하게 잘 자랐다. 그것만으로도 좋았다. 어머니는 오랫동안 찾아드는 길고양이들을 돌봐왔는데 이웃에서 고양이 똥 냄새가 심하다고 항의하는 바람에 한동안 사료를 주지 못해 마음이 짠하셨다.

그런데 고구마와 호박 넝쿨이 화단의 흙을 덮어주니 고양이들이 아무 데나 똥을 싸지 못하고 보이는 곳에만 싸 얼른 치우기도 쉬웠다. 그제서야 어머니는 안심하고 고양이들에게 다시 먹이를 줄 수 있었다. 녀석들은 아주 마당을 제 집 삼아 살고 있다.

오늘은 어머니가 고구마 순을 따다가 하나하나 껍질을 벗겨 나물을 만드셨다. 먼저 껍질을 벗긴 고구마 순을 살짝 데친 다음 찬물에 담가 식혔다가 물기를 꼭 짜낸다. 거기에 조선간장과 참기름, 참깨, 다진 마늘을 넣고 조물조물 무치면 끝이다. 이 무렵엔 고구마 순 나물이나 고구마 순 김치가 최고다.

운동을 하러 나가셨던 어머니가 또 마당으로 아들을 부르신다. 왜요 어머니, 하고 달려가니 호박 잎 아래 숨어서 자라는 호박 한 덩이를 보여주신다. 이렇게 감격스러울 수가. 결국 열매를 맺었구나. 진짜 둥근 호박이 불쑥 커서 자라고 있었다.

배고픈 길고양이를 거두고 호박 하나라도 살리고 키워내는 힘. 그것이 실상은 어머니를 살리고 있는 힘이 아닐까.

2020. 9. 10

근심 덩어리 아들

며칠간 어머니 곁에 머물다 다시 길 떠나는 아침. 어머니는 근심 가득한 표정으로 아들을 배웅하신다. 떠돌이로 사는 아들이 늘 불안하신 거다. 근심 덩어리 아들은 그래도 어머니가 다시 아들을 걱정해주실 수 있을 정도로 기운을 차리신 것만으로도 그저 눈물겹게 고맙다. 말기 암 환자인 어머니께 걱정을 끼치면서 행복해하다니 이런 모순 덩어리 인간이라니.

오래전 썼던 시다. 그때나 지금이나 아들은 변함없이 근심 덩어리다. 그래도 어머니와 함께 살아 있는 이 행복을 오래오래 누리고 싶다.

천년

비가 오고 아들은 죽순처럼 자랐다

어머니는 길 떠나는 아들의

새벽밥을 지었다

아들은 가시덤불을 지나

잣밤나무 숲으로 사라졌다

바람이 불고

거대한 숲이 흔들렸다

아들의 머리에 서리가 내렸다

어머니는 눈썹이 희어졌다

돌아온 아들은 서럽게 울었다

밤이 기울도록 어머니는 잠들지 못했다

아들은 다시 길 떠날 채비를 서둘렀다

어머니는 새벽밥을 차리고

뒤돌아보는 아들의 등을 떠밀었다

그렇게 어머니는 천년을 서 계셨다

2020. 10. 23

검은 머리가
나다

세상에! 백발의 어머니에게 검은 머리가 나오고 있다. 항암 치료 받으면서도 머리가 빠지지 않아 다행이다 싶었는데 이제는 흰 머리가 아니라 검은 머리가 새로 돋아나다니.

비린 맛을 없애기 위해 딱새우와 전복을 데친 뒤 갈아서 죽을 끓여드렸다. 이제는 혼자서도 곧잘 죽을 드실 수 있게 되었다. 그런데 죽을 드시는 어머니 뒷목을 보니 거뭇거뭇 새 머리가 제법 많이 돋아나 있다. 진즉부터 검은 머리가 조금씩 나긴 했지만 대수롭지 않게 생각했는데 가장자리 말고도 머리 전체에서 검은 머리카락이 돋아나고 있었던 것이다.

얼마 전 정기 검진 때 주치의가 "노인이 구강암 말기 수술을 받

2부 어머니의 레시피

고 저렇게 회복이 잘 된 경우는 처음"이라고 했다. 주치의 말을 전해드리니 어머니는 "영업용 멘트지" 하면서 웃으셨다. 그런데 검은 머리 나는 것을 보니 주치의 말이 결코 영업용 멘트가 아닌 듯하다.

어머니는 확실히 죽음의 문턱에서 되돌아온 듯싶다. 혹시 못난 아들이 걱정스러워 차마 떠나지 못하고 되돌아오신 것은 아닐까. 그렇다면 어머니를 살린 것은 어머니 자신이다. 의료 기술이나 자식의 정성 따위가 아니라 어머니의 무한한 자식 사랑이었던 것이다.

2020. 11. 30

다만 더는 외로움 없는
존재로 살아가기를……

불구덩이 화장장에서 막 나온 유골함을 들고서야 난생처음 아버지의 따뜻함을 느꼈다. 살아생전 단 한 번도 느낀 적 없었던 온기를 죽음 뒤에야 처음으로 느낀 것이다. 유골함은 난로보다 따뜻했다. 크리스마스이브, 요양병원에서 산소호흡기를 달고 계시던 아버지가 마지막 숨을 놓았다. 그리고 어제 인천시립승화원에서 화장을 한 뒤 인천 앞바다에 유해를 뿌려드렸다. 인천대교 부근 해양장터.

빈소를 마련하지 않은 무빈소 장례. 다들 어려운 시절, 따로 부고를 내지 않고 아버지의 동생들에게만 알리고 작별인사를 하게 해드렸다. 어머니에게 평생 말로 형언할 수 없는 고통을 안겨줬던 아버지. 자식들에게 단 한 번도 아버지 노릇을 한 적 없던 아버지. 그저 생물학적 아버지일 뿐이었던 아버지. 아버지 노릇 같은 것 못 하고 사는 아버지들이 세상에 흔하니 굳이 탓할 마음도, 쌓인 미움도 없었다.

하지만 어머니에게 행했던 그 큰 죄업을 생각하면 장례를 치러드릴 생각이 추호도 없었지만, 마음이란 게 그리 생각대로만 되지 않아 결국 장례를 치러드렸다. 이미 오랜 세월 따로 살아오셨으니 어머니는 아버지에 대한 미움이 옅어지셨던 것일까. 더 담담하셨다. "나야 그렇지만 너희는 자식이니 치러주는 게 도리다" 하시면서 장례를 잘 모셔드리라 당부까지 하셨다.

산 자들의 의식일 뿐인 장례가 망자에게 무슨 의미가 있겠는가. 사후 세계 같은 것은 믿지 않는 철저한 무신론자인 어머니. 어머니는 그 와중에도 자식들이 혹 뒤늦게 후회하지나 않을까 걱정되어 평생 자신에게 고통을 주었던 아버지의 장례를 잘 치러드리도록 부탁을 하신 것이다. 어머니 사랑의 깊이를 나는 여전히 짐작조차 할 수 없다. 언젠가 어머니를 떠나보내야 할 생각을 하면 벌써 목이 멘다. 더 많이 함께해드려야겠다.

아버지는 지금쯤 해류를 따라 그가 태어났던 고향 섬으로 돌아가고 있을까. 아버지 또한 자신의 인생이 그리 흘러갈 줄 몰랐을 것이다. 오로지 자신만을 위해 살았지만, 이기적인 그의 삶이 행복했는지 불행했는지 알 수 없다. 하지만 말년의 그가 외로웠던 것만은 확실한 듯하다. 그의 몸을 떠난 원자들이 또 어떤 생명체를 이루고 살아갈지 알 길이 없다. 다만 더는 외로움 없는 존재로 살아가기를 기원할 뿐이다.

2020. 12. 27

어머니의 레시피로 만든
파래김치

　어머니의 상태가 조금 호전되어서 나도 잠깐 통영에 내려와 있다. 오늘은 통영 집에서 파래김치를 담그기로 했다. 건강하셨을 때 어머니가 자주 담가주시던 김치. 파래만으로 담그는 김치가 아니라 파래와 익은 배추김치를 활용해서 담그는 보길도식 김치다. 어머니에게 전화를 드렸다.

　"파래 한번 사다가 담가주려고 했는데 추워서 못 나갔어."

　"괜찮아요 어머니. 방법을 알려주시면 제가 직접 담가볼게요."

　파래김치 담그기는 싱싱한 파래 구입부터 시작된다.

　"어머니 싱싱한 파래를 어떻게 골라요? 겉만 봐서는 잘 모르겠던데."

"손으로 살짝 눌러봐서 아무것도 안 묻어야 돼. 묻어나면 안 싱싱한 거야. 싱싱한 거는 펄펄 뛰어. 안 싱싱한 건 색깔도 뜨거운 물에 데친 거 같아."

어머니가 알려주신 대로 중앙시장에서 싱싱한 파래 세 무더기를 사 왔다.

"몇 번이고 씻어서 뻘물을 빼내라. 잘 씻었으면 손으로 꼭 짜고 채에 받쳐서 물기를 빼."

어머니가 이르시는 대로 파래를 깨끗이 씻어서 물기를 쭉 뺐다.

"파래는 소금에 절이지 마. 김치랑 김칫국물로 간을 맞추면 돼. 김치는 총총총 썰어놔. 파래랑 김치랑 넣고 조물조물 비벼. 다른 건 암것도 넣지 말고. 깨나 좀 뿌리든가."

"어머니 말씀대로 했어요. 근데 국물이 좀 있는 게 맛있던데. 여기다 그냥 물만 부으면 되나요?"

"안 돼. 그냥 물을 부어버리면 파래가 숨이 안 죽어. 팔팔하니 잠깐 재야 해. 김치랑 파래랑 조물조물해서 한 10분 남짓 재어놔. 그럼 숨이 죽어. 그때 물을 부어. 싱거울 거 같으면 소금을 살짝 넣어도 좋고."

"네, 어머니."

그렇게 오늘은 어머니의 레시피대로 파래김치를 담갔다. 파래김치는 바로 먹기보다 하루이틀 발효시켜 새콤한 맛이 나기 시작할 때 먹으면 더욱 맛나다. 어머니는 섬 음식 백과사전이다. 언제까지 어머니에게 또 얼마나 많은 레시피를 전수받을 수 있을까. 어머니에 대한 기록. 사랑하는 어머니를 내 안에 영원히 기록하는 방식이다.

파래 구별법: 파래 종류는 다양하다. 하지만 우리 고향에서는 먹는 파래를 그냥 참파래, 가파래 정도로 구분했다. 색은 똑같이 푸른데 잎의 넓이에 따라 구분한다. 가파래는 잎이 넓고 참파래는 김처럼 잎이 좁다. 가파래가 좀 더 질겨서 너풀너풀하니 잘 뭉쳐지지 않는다. 참파래는 주먹처럼 꼭 짜면 잘 뭉쳐진다. 참파래가 더 부드럽고 맛있다. 김치도, 국도, 무침도 모두 참파래로 하는 것이 좋다.

2020. 12. 29

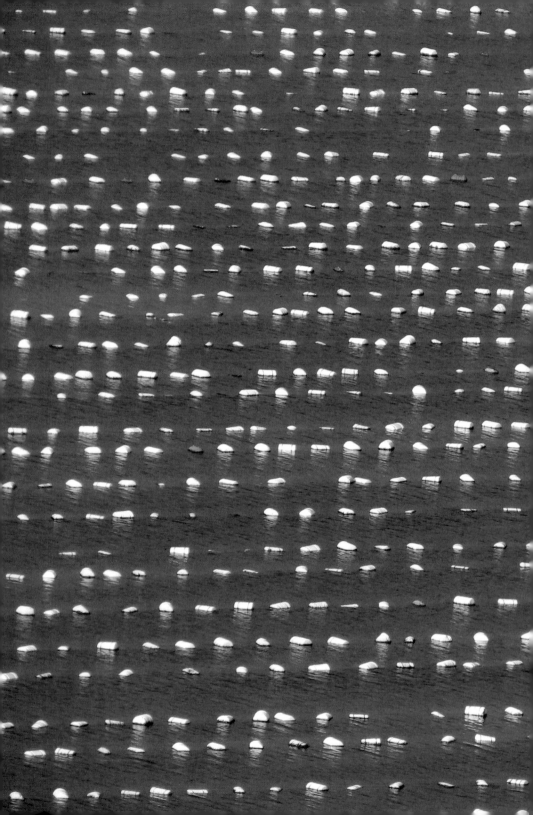

어머니의 진짜 겨울 별미,
굴뭇국

"또 뭐 하시게요, 어머니?"

어머니가 냉장고에서 굴을 꺼내신다.

"너 해장국 끓여주려고."

이제는 잔소리하기도 지치셨는지 술을 끊으란 말씀은 안 하시고 그냥 해장국이나 끓여주기로 작정하신 듯하다. 말기 암 환자 어머니에게 해장국을 끓이게 만드는 불효한 아들이라니.

"너는 술을 못 끊으니 간 해독이라도 잘 해줘야 해. 바지락을 껍질째 끓이는 게 해독에 좋은데 사다 놓은 게 없어."

그래서 엊그제 주문해두었던 굴을 꺼내 어제 음주를 하고 들어온 아들의 간 해독약을 만드시는 어머니. 어머니가 명의다. 어찌 그리도 진단이 정확하고 처방도 기가 막히신지.

"너 보면 술 먹는 날은 안 아파. 기침도 안 하고. 술 안 먹는 날은 아파. 기침도 많이 하고. 그게 중독이야. 중독."

병원에서 검사해보면 간수치는 정상인데 아들의 알코올 중독을 확신하는 어머니.

"술 끊으란 소리 안 할 테니 제발 하루 마시고 사흘은 쉬어."

"네, 어머니."

아들은 지키지도 못할 약속을 또 영혼 없이 내뱉는다. 아! 그래도 어머니가 끓여주신 굴뭇국은 달다. 이 달콤한 어머니의 굴국을 얻어먹을 수 있는 날이 얼마나 될까? 그래서 더 열심히 마셔야 하나, 고민이다.

어머니의 겨울 음식 레시피 중 내가 가장 사랑하는 해장국이 바로 이 굴뭇국이다. 옛날 섬사람들은 귀한 쇠고기뭇국은 꿈도 꿀 수 없었으니 바다에서 나오는 해산물을 넣고 뭇국을 끓여 먹었다. 굴뭇국도 그중 하나다. 한겨울 어머니가 갯벌에 나가 따온 굴에 밭에서 막 뽑아온 월동무를 채 썰어 넣고 끓여주시던 굴뭇국은 천상의 요리였다.

그런데 오늘 또 어머니가 굴뭇국을 끓여주신 거다. 암 수술 후 1년. 수술 직후부터 지난해 연말까지만 해도 비린 것은 냄새도 맡기 싫어하시던 어머니가 요즘은 입맛이 조금씩 돌아오시는지 해산물을 드시겠다고 했다. 그나마 약처럼 드시라고 강권하며 선복죽만 가끔 끓여드리다가 모처럼 굴을 주문했다.

어머니 드실 것이니 가장 깨끗하게 양식하는 최상의 굴을 택했다. 거제 중앙수산에서 나온 숨굴이다. 가깝게 지내는 형님이 양식하는 굴이지만 민폐 끼치기 싫어서 숨굴 쇼핑몰에 회원 가입 후 주문했다. 가격은 일반 굴의 두 배 정도지만 충분히 그만한 가치가 있는 굴이다.

양식장 주변의 오폐수가 바다로 일체 유입되지 못하게 철저히 관리하며 조류 유통이 잘되는 바다에서 키운 굴이다. 숨굴 박신장(껍질 벗기는 곳)에 들어가려면 위생복을 입어야 한다. 굴 세척도 그냥 바닷물이 아니라 정수한 해수로 할 정도로 위생 관리에 철저하다. 그래서 믿을 만하다.

아무튼 이 숨굴을 삶아 죽에 넣어드릴 요량으로 주문했다. 그런데 어머니가 자신도 드시고 아들도 먹이겠다고 굴뭇국을 직접 끓이신 거다. 어머니가 끓여주시던 그 시원한 굴뭇국의 맛을 잊지 못해 가끔씩 나도 끓여 먹지만 그 맛이 안 났는데, 드디어 다시 원조의 맛을 보게 됐다. 월동무의 달고 시원한 맛과 진한 굴 향이 그대로 살아 있는 아주 특별한 굴 요리. 어머니의 비법이 무얼까 지켜보고 여쭈어보면서 찬찬히 기록했다.

재료는 굴 500그램, 월동무 반토막, 대파 두 개, 양파 4분의 1토막, 마늘 한 스푼. 간은 따로 필요 없다. 물을 먼저 끓이다가 무를 채 썰어 넣는다. 여기에 대파와 양파를 넣고 끓인다. 물이 끓기 시작하면 그때 굴을 넣는다. 채를 썰었으니 무는 금방 익고 국물도 금방 우러난다.

"물이 팔팔 끓으면 굴을 넣어야 해. 오래 끓이면 맛없어. 바글바글 끓으면 바로 불을 꺼."

굴을 넣고 오래 끓이면 맛이 없으니 5분 정도만 끓인다. 마늘은 불을 끄기 직전에 넣는다.

"너무 익어도, 너무 안 익어도 맛없어."

마늘은 너무 익으면 마늘 맛이 사라진다. 너무 안 익어도 독한 맛이 나니 중간 정도 익히란 말씀. 역시나 '모든 경계에는 꽃이 핀다'. 경계의 맛. 간은 따로 하지 말라 하신다. 굴 자체에 간이 배어 있으니.

"굴국은 미리 끓여놓으면 맛없어, 금방 끓여야 맛있지."

그래서 굴뭇국은 밥상 차리기 전에 끓여내란 말씀이다. 어머니는 굴뭇국이 끓는 내내 불 곁에 서 계신다.

"끓일 때는 불 옆에 있어야 해. 금방 끓어 넘치거든."

역시나 끓기 시작하자마자 하얀 거품이 넘친다. 얼른 뚜껑을 열고 숟가락으로 하얀 거품을 걷어내신다.

"굴도 그렇고 생선이나 고기도 끓을 때 위에 뜬 것은 다 걷어내야 해. 이물질이야. 이건 많이 안 뜨네."

이 굴뭇국에서는 걷어낼 것이 별로 없었다. 굴이 워낙 깨끗하기 때문일 것이다. 간단한 레시피지만 정성이 많이 가는 음식. 굴뭇국. 진짜 겨울 별미다. 어머니의 굴뭇국 한 그릇을 먹으니 막혔던 가슴이 뻥 뚫린다. 한번 따라 해보시라. 절대 잊지 못할 겨울 맛을 보게 될 것이다. 더불어 답답한 속도 뚫릴 것이다.

2021. 1. 19

2부 어머니의 레시피

어머니는 진정한
나의 하느님

세상의 온갖 산해진미를 맛보고 다녔지만 내 생애 최고의 만찬은 이 밥상이 될 것 같다. 오늘 어머니가 차려주신 밥상. 씹을 수 없고 삼킬 수도 없어서 당신은 드실 수 없는 음식들.

병상에서도 내내 자식의 건강만을 염려하시던 어머니. 조금 기운이 생기자 자식에게 무엇 한 가지라도 더 먹이기 위해 요리를 하신다. 10분을 서 있는 것도 힘들어하다가도 요리를 하는 동안은 기운이 펄펄 나신다. 무리하지 마시라 말씀드려도 소용없다. 자식들의 건강을 걱정해주는 것만을 생의 유일한 목적으로 삼고 계시니 더는 말리지 않고 맛나게 먹는다.

아니 진짜 꿀맛이다. 현미 잡곡밥이 이리 달고 고소한 줄 처음 알았다. 기어코 시장에 나가 재료를 사다가 만드신 파래김치는 내가 만들었던 것과는 차원이 다르다. 까나리를 넣고 끓인 배추 된장국의 시원함도 이루 말로 다할 수 없다. 직접 담그신 된장 덕이다. 소화시키기 좋으라고 참깨를 곱게 갈아서 뿌린 시금치나물은 달달하다. 아프기 전에 손수 담가두셨던 고추장은 익을 대로 익었다. 무얼 찍어 먹어도 좋은 만능 소스다.

평생 어머니의 밥을 얻어먹고 살아왔지만 이제야 뒤늦게 밥상의 귀함을 깨닫고 있다. 천금이 있어도 사 먹을 수 없는 밥상. 아니 사랑. 어째서 일찍 깨닫지 못했던가 생각하며 자주 눈물을 흘린다. 내게 생명을 주시고 내 생명을 키우신 어머니. 나의 창조주, 어머니야말로 진정 나의 하느님이다.

2021. 1. 31

죽음을 이겨내고
차려주신 생명의 밥상

어느덧 설을 맞이했다. 어머니의 결정으로 명절 음식을 만들거나 차례상을 차리지 않은 지 15년쯤 됐다.

"내가 죽어도 장례도 치르지 말고 무덤도 만들지 말고 제사 같은 것도 지내지 마라."

그런데 올해는 어머니가 갑자기 나물을 무치신다. 물론 차례상을 차리기 위한 것은 아니다. 아들에게 먹이기 위해서다. 숙주나물과 봄동, 시금치, 청경채 등을 데친다. 아마도 설을 핑계로 뭐라도 하나 더 해 먹이고 싶어서일 것이다. 사경을 헤매시던 지난해의 어머니를 생각하면 얼마나 감사한 일인지 가슴이 먹먹하다.

작년 설 무렵에는 구강암 수술을 받고 중환자실에 계셨다. 생사의 기로에서 삶보다 죽음 쪽에 가까이 다가가 계셨던 어머니가 꼭 1년 만에 다시 삶 쪽으로 더 가깝게 나오셨다. 이런 삶도 환생이라 할 수 있지 않을까?

어머니는 소금 간을 해서 물을 끓이신 뒤 나물들을 데친다.

"소금 넣고 끓이면 색깔이 좋아. 간도 골고루 배고, 살균도 되고."

나는 그냥 데쳤었는데 오늘 또 어머니에게 한 수 배운다. 숙주나물을 데쳐서 찬물에 헹구고 물기를 뺀다. 시금치와 청경채는 데친 뒤 역시 찬물에 살짝 담갔다가 물기를 꼭 짜낸다. 찬물에 담그는 것은 나물의 형태를 유지하기 위해서라고 하신다.

"찬물에 너무 오래 담그면 안 돼, 색이 빠져. 살짝 담가야 색이 더 파래."

역시나 먹음직스러운 음식 모양을 유지하기 위한 어머니의 정성이다. 어머니가 건강하실 때 직접 담가두셨던 간장에 참기름, 깨소금, 마늘 등을 넣고 나물들을 조물조물 무쳐내신다.

"뭐든 적당해야 맛있어. 양념이 너무 많아도 적어도 맛없어. 적당해야 해."

그 적당하게가 늘 쉽지 않지만 아무튼 적당히. 생부추와 사과도 잘라서 부추 사과 겉절이 김치도 만드신다. 건강하실 때 어머니가 여수에서 공수해 온 생멸치로 직접 젓갈을 담가 걸러두셨던

3년 된 액젓에 고춧가루, 마늘, 참깨, 참기름을 넣고 양념을 만든 뒤 부추, 사과와 함께 무쳐낸다. 어머니는 간을 보실 수 없으니 간은 내가 보는데 간도 딱이고 맛도 풋풋하고 달다.

어머니가 만드신 요리들로 섣달그믐 날 밥상이 차려졌다. 갓 무쳐낸 나물들에 미리 담가두셨던 파래김치와 동치미까지 곁들이니 그야말로 최고의 건강 밥상이다. 모두 식물을 재료로 한 음식이니 풀밭 위의 식사지만 부족함이 없다.

"어머니, 너무 맛있어요."

"많이 먹어라. 건강에 좋아."

자신은 드실 수 없지만 어머니가 죽음을 이겨내고 차려주신 생명의 밥상. 내년 설에도 이 생명의 밥상을 또 받는 것이 올해 나의 가장 큰 소망이다.

2021. 2. 11

엿기름은 쌀락쌀락한
가을에 길러야 달아

　'손맛'이라는 '거짓말'! 어머니는 무슨 음식이든 대충 뚝딱뚝딱 만들어도 다 맛있었다. 그것이 그저 손맛이라고만 생각했다. 타고난 솜씨가 좋아서 손맛이 있어서 대충 해도 맛있는 줄 알았다. 그런데 오늘 아침 어머니 말씀을 듣고 보니 뚝딱은 결코 뚝딱이 아니고 대충도 절대 대충이 아니다.

　요리가 재빠른 것은 대충 해서가 아니라 수십 년 숙련된 기술이 있어 손이 빠른 것이다. 특별한 재료가 없어 보이는데 뚝딱 만들어도 맛있는 것은 MSG 조미료 때문이 아니라 음식의 기본 맛을 내는 장류를 몇 년씩 발효시켜 지극한 정성으로 미리 만들어놓았기 때문이다.

어머니가 손수 만든 기본 소스 4종 세트!

된장, 고추장, 간장, 액젓을 만들고 삭히는 정성과 시간 들은 참으로 고단하고 지난하다. 그 정성과 시간이 농축된 장류가 바탕에 있다는 생각을 못 하고 그저 슬렁슬렁 뚝딱뚝딱 해도 손맛이 좋아 음식이 좋은 줄만 알았던 것이다. 어머니의 땀과 정성, 시간을 견디는 인내심이 어머니의 음식을 완성했던 것이다. 그 깊은 정성의 결과물을 '손맛'이라고만 퉁치는 것은 예의가 아니라는 사실을 오늘에야 깨달았다. 손맛은 없다. 손맛이라는 거짓말이 있을 뿐. 맛의 비결은 손맛이 아니라 정성이다.

전에는 어머니가 밥상에 올려놓아도 무심히 지나쳤던 어머니표 고추장을 오늘 다시 살짝 맛보니 이토록 맛있을 수가 없다. 설탕 하나 안 넣었는데 이리 달고 참기름 한 방울 안 섞었는데 이리 고소할 수 있다니! 수십 년 맛본 어머니 고추장 맛에 이제야 반하다니!

"어머니, 고추장 만드는 법 좀 알려주세요."

"이젠 힘이 없어 못 만들어. 또 만들어주고 싶은데."

"괜찮아요. 이젠 제가 배워서 직접 만들어볼게요."

"너는 죽었다 깨어나도 못 만들어."

어머니가 웃으며 면박을 주신다.

"만들려고 하지 마라. 엄청 힘들어. 그냥 사다 먹어."

어머니가 수십 넌 쌓이온 내공의 음식을 또 너무 쉽게 보고 덤 볐다가 혼이 났다. 아직도 나는 제대로 깨닫지 못한 것이다.

"그래도 어머니, 방법만 알려주세요."

요리책이나 인터넷을 뒤지면 고추장 만드는 레시피가 수백 수천 가지 있을 터지만 그래도 어머니만의 레시피를 기록해두고 싶었다. 그리고 언젠가는 진짜 그대로 따라 해봐야겠다. 직접 메주를 띄워서 된장, 간장은 담가봤고 생멸치를 사다가 멸치젓도 담가봤지만 고추장은 만들어본 적이 없다. 고추장을 별로 안 좋아했던 까닭일 것이다.

오늘 어머니의 고추장 만드는 과정에 대해 듣고 보니 그동안 그 정성에 무심했던 것이 후회막급이다. 이건 그냥 고추장이 아니라 금추장이다. 어머니들의 솜씨는 대부분 비슷하겠지만 내 어머니의 고추장 만드는 법은 내가 기록해둔다.

어머니는 먼저 보리를 사다가 싹을 틔워 엿기름을 만든다. 완성된 엿기름은 빻아서 물에 거른다. 쌀을 씻어 밥을 지은 뒤 밥이 완성되면 엿기름가루 거른 물을 밥에 붓고 보온밥통에서 12시간 정도 띄운다. 엿을 만들 때는 가루를 직접 넣는다. 그래야 더 달다. 이렇게 이야기하면 아주 간단해 보인다. 하지만 엿기름 하나 길러내는 데도 얼마나 고단한 노동과 정성이 들어가는 걸까? 엿기름도 아무 때나 기른다고 달지 않다.

"쌀락쌀락한 가을에 길러야 달다."

어머니는 겉보리를 사다가 하룻밤을 물에 불린다. 보리는 건져서 소쿠리에 담아 그늘에 두고 하루 한 번씩 물을 뿌려준다. 3일쯤 지나면 촉이 아니라 흰 뿌리가 먼저 나오기 시작한다. 이때 다시 대야에 물을 받아 엿기름을 씻어서 건져낸다. 매일 반복하다 보면 2~3일 후 하얀 촉이 나온다. 이때는 뿌리가 더 길어져서 서로 엉킨다. 물에 씻어서 풀어주고 엉키지 않게 해야 한다.

그러다 보리 촉이 새끼손가락 한 마디쯤 자라면 그때부터 말리기 시작한다. 촉이 너무 짧으면 단맛이 부족하고 촉이 너무 길면 보리 알이 남는 것이 없어서 엿기름가루를 얻을 수 없다. 이 과정이 참으로 중요한데 맞추기가 쉽지 않아 실패하는 경우가 많다. 말리는 것은 햇볕을 이용한다. 3~4일 정도 잘 마르면 손으로 비벼서 뿌리와 촉을 떼어내고 알갱이만 남긴다.

이 보리 알갱이를 빻으면 엿기름가루가 완성된다. 도합 10일 남짓이 소요된다. 한 줌의 엿기름가루를 얻기 위한 노력이 이 정도라니! 이 과정에서 나는 이미 인내력이 바닥을 드러낼 것이다. 어머니가 내게 "죽었다 깨어나도 못 한다" 하신 말씀의 뜻을 알겠다. 아무튼 숨이 차니 나머지 과정은 간단히.

밥에 엿기름을 넣고 열두 시간 정도 띄우면 식혜가 완성된다. 식혜는 채에 걸러서 찌꺼기는 버리고 국물만 다시 솥에 달여서 졸인다. 최소 다섯 시간을 불 앞에 서서 눋지 않게 저어가며 조린다. 엿을 만드는 과정과 다르지 않다. 충분히 졸았다면 불을 끄고 식힌다. 미지근한 상태가 되면 직접 띄워서 말려둔 청국장 가루를 넣는다. 청국장 띄우는 과정은 생략. 여기까지도 거의 만능에 가까운 솜씨가 필요한 듯하다.

엿물이 식은 다음에 곱게 빻은 고춧가루를 넣는다. 이 고추도 마당에서 어머니가 직접 기르고 말린 고추로 만든 것이니 고춧가루 하나에만 6개월이 소요됐다. 아! 이건 초인적인 능력이 필요하구나. 다시 한번 죽었다 깨어나도 나는 어렵겠다. 이게 끝이 아니다. 간이 남았다. 바로 간을 맞추지 않는다. 한참을 뒀다가 소금을 넣어 간을 맞춘다. 온기가 남아 있는 상태에서 소금을 넣으면 신맛이 나기 때문에 온기가 완전히 빠진 다음에 소금 간을 해야 한다.

이렇게 고추장이 완성되면 바로 먹어도 되지만 또 몇 달쯤 항아리에 넣어두고 발효시키면 훨씬 더 맛있다. 오늘 맛본 어머니의 고추장은 2년 된 것이다. 그렇다면 저 고추장 한 종지에는 고추를 심어 기르고 말린 시간부터 적어도 3년 이상의 땀과 정성이 들어가 있는 것이다. 내가 이렇게 대단한 음식을 너무도 무심히 대했던 것이다. 어머니의 음식들은 그저 손맛이라고, 어머니의 타고난 솜씨라고만 가볍게 생각했다. 그토록 많은 땀과 노동과 정성이 들어가 있는 것을 뒤늦게 깨닫다니, 부끄럽고 부끄럽다. 아, 어머니 당신은 진정한 음식의 신이십니다. 아니 사랑의 화신이십니다. 음식은 곧 사랑이니!

2021. 2. 13

예쁜
우리 엄니

어머니가 말기 암 환자가 되기 전까지 나는 단 한 번도 어머니에게 곰살맞게 굴어본 적이 없다. 어려서도 어리광을 부려본 적 없다. 어머니가 엄하게 키우신 것도 아니고 내가 그다지 예의 바른 아이가 아닌데도 그랬다. 그런데 요즘은 어머니에게 애교도 부리고 어리광도 부린다. 어머니가 그리하면 더 좋아하시는 것 같아서다.

처음에는 조금 멋쩍었지만 이제는 자연스러워졌다. 그래봐야 어머니가 얼굴 수술 자국 흉터가 추하다면서 어디 못 나가겠다고 하자 "우리 엄니 예뻐. 예쁘기만 하구만"이라고 말하는 정도지만. 그러면 어머니는 "네 엄마니까 예쁘지. 누가 사람으로 보겠어" 하시면서도 엷게 웃으신다. 어머니를 병들고 늙게 한 것은 세상 풍파와 세월이 아니라 아들이었음을 뼈저리게 깨닫고 사는 요즘이다.

말씀도 어눌하고 얼굴의 수술 자국도 심하고 걸음걸이도 자유롭지 못하지만 어머니가 그리 예쁘실 수 없다. 그래서 자주 눈물이 난다. 어머니를 못 보면 죄송해서 눈물이 나고, 보고 있으면 안도의 눈물이 난다.

어머니가 불편한 몸을 이끌고 맛난 나물 반찬들을 해주셨으니 오늘은 어머니에게 특식을 만들어드렸다. 아직도 비릿한 맛을 싫어하시니 전복을 사다 영양 덩어리 내장은 떼어두고 살만 푹 삶아서 믹서에 곱게 갈아 전복죽을 끓여드렸다. 고기나 해산물류는 극도로 거부하셔서 한동안은 비린 맛을 최대한 제거하고 어머니 모르게 넣어서 끓여드리곤 했다. 하지만 이제는 전복을 보여드리고 끓여드릴 수 있으니 그나마 다행이다.

미음에 여수 섬 안도의 민박집에서 보내온 자연산 전복 다섯 개를 넣어드렸으니 전복 반 쌀 반이다. "고소하니 맛있네." 어머니의 얼굴에 웃음꽃이 피어난다. 전복미음을 드시고 후식으로 곶감도 드렸다. 수술 후유증으로 잘 씹을 수도 없고 방사선 치료 후유증으로 물도 잘 삼키지 못해 여전히 숟가락으로 떠드시는지라 그동안은 그림의 곶감이었다.

그래도 혹시나 싶어서 어머니가 드시기 쉽게 잘게 다져서 숟가락으로 떠드렸다. 어머니는 드실 수 없다고 손사래를 치셨다. "힘들어도 한번 드서봐요." 어머니는 마지못해 입에 넣고 우물우물하더니 "입안에서 녹네" 말씀하신다. 곶감이 입에서 사르르 녹아주니 맛을 느끼며 삼킬 수도 있었던 것이다. "거봐요, 엄니. 뭐든 일단 한번 드서봐요. 그래야 훈련이 돼서 다른 것도 드실 수 있지." "그래 네 말이 맞다. 달다. 뭔 곶감이 이리 다냐." 어머니 얼굴에 또 한 번 함박꽃이 피어났다.

2021. 2. 14

　　　　　　　　　　　　2부 어머니의 레시피

어머니의
물김치 레시피

어제 저녁에는 "술 좀 그만 마셔라" 걱정스럽게 당부하시던 어머니가 오늘 아침에는 "술국을 끓여줘야 하는데 못 끓여줘서 어쩌냐"고 걱정하신다.

어머니가 암 수술 하시고 항암 치료를 받을 때만 잠깐 효자인 척했지 이제 어머니가 조금 좋아지시니 아들은 다시 어머니의 걱정거리가 되고 말았다. 암 환자 어머니는 이미 배추 백김치에 무 물김치까지 잔뜩 담가놓으셨으면서도 술고래가 돼서 돌아온 아들 술국을 못 끓였다고 한탄이시다. 어머니 손으로 담그신 물김치와 백김치 국물보다 더 좋은 술국이 세상 어디에 또 있을까.

내 손으로 담가도 물김치 국물은 술병에 명약이 아니던가? 그런데 김지 명인이신 어머니가 담가주신 물김치 국물이라니! 아들이 좋아한다고 그 귀한 김치들을 잔뜩 담가두시고도 따로 또 술국 못 끓여 미안해하시는 어머니. 도대체 어머니 사랑의 김치독은 얼마나 깊은 것일까?

아무리 자식이 어머니를 잘 모신다 해도 자식은 그저 자식일 뿐이다. 자식의 효심이 철철 넘쳐봤자 어머니 사랑의 김치독 항아리 밑바닥도 채울 수 없음을 거듭 깨닫는다.

무는 길쭉하게 잘라서 소금에 살짝 절이는 게 좋아.

너무 많이 절이면 아삭아삭한 맛이 없어. 한 10분만 절여.

소금은 굵은소금으로 해야 맛있어. 천일염.

굵은소금은 조리에 넣고 깨끗이 씻어.

더러운 물은 버리고 깨끗한 소금으로 무를 절여야 해.

절인 무에 물을 붓고 깨끗하게 씻어둔 굵은소금을 싹싹 비벼서 넣어 간을 맞춰.

무는 적은데 국물이 많으면 맛없어. 국물 먹겠다고 무는 적은데 물만 많이 붓지 말라고. 국물을 먹으려고 담는다면 무를 많이 넣어. 무는 안 먹고 국물만 먹으면 돼.

마늘은 납작납작하게 썰어 넣어.

대파나 쪽파는 둘 중 하나만도 넣어. 쪽파는 잎째 넣고 대파는 대가리만 넣어.

파는 많이 넣지 말고. 배도 잘라 넣고. 배는 소금에 절이지 말고
그냥 넣어.

물김치는 겨울에 담가야 맛있어. 월동무로. 여름 무는 맛없어.
바람 안 든 걸로 잘 골라야 해. 겨울에는 따뜻한 방에 두면 4~5
일이면 익어. 찬 데다 놔두면 시간이 더 걸려.

온도에 따라 익는 시간이 달라. 여름에는 하루 이틀이면 익고.

국물에서 뽀글뽀글 거품이 생기기 시작하면 다 익은 거야. 얼른
냉장고에 넣어.

더 시게 먹고 싶으면 좀 더 익히고.

더 익으라고 놔뒀다가 국물이 넘쳐흐르기도 하니까 잘 봐야 해.

설탕이나 조미료 같은 건 하나도 안 넣어도 돼. 그래도 맛있어.

2021. 2. 25

어머니와
코로나 백신

어머니가 코로나 백신을 맞으시게 해야 할지 말지 걱정이다. 구강암 수술과 항암, 방사선 치료까지 다 잘 견뎌내시고 1년이 지났다. 최근 검사에서도 이상 징후는 발견되지 않고 있다. 주치의는 수술 후 2~3년이 재발 가능성이 가장 높으니 각별히 조심해야 한다고 했다.

여전히 미음밖에 못 드시지만 식사도 잘 하시고 운동도 열심히 하시고 몸무게도 늘었다. 그래도 여전히 불안한 날들이다. 게다가 이제는 코로나 백신을 맞아야 할지 말아야 할지도 큰 걱정이다. 결국은 내가 결정해야 할 문제지만 어머니께 의견을 여쭈었다.

"맞기 싫은 것도 없지. 맞고 싶은 것도 없고."

무심한 답이다.

"안 맞아서 코로나 걸려도 네 걱정거리고, 맞아서 나한테 문제가 생겨도 네 걱정거리고."

어머니에게는 코로나도 백신 부작용도 걱정이 아니다. 오로지 백신 접종으로 인해 자식에게 걱정거리가 될까 봐 그것만이 걱정이다.

"죽든지 아프든지 자기 운명이지. 맞든 안 맞든 어차피 아파서 병 생겨 죽기 마련인데."

백신 부작용이 아니라도 어차피 늙고 병들어 죽게 될 목숨, 맞아서 문제가 생겨 죽으나 병들어 죽으나 죽는 것은 매일반이니 백신을 맞겠다는 말씀이다. 어머니의 답은 늘 명쾌하다.

2021. 3. 16

조리로 돌을 걸러
해주신 잡곡밥

드디어 어머니의 몸무게가 46킬로그램까지 늘었다. 작년 초 암 수술을 받으실 당시 38킬로그램. 구강암 말기라 고통이 극심해 음식은커녕 물도 삼키기 어려웠으니 살아 계신 것이 기적일 정도였다. 그래서 열 시간 넘는 대수술을 어찌 견디실 수 있을지 걱정스러워 수술 결정을 쉽게 할 수 없었다. 그래도 결국 수술을 결정했고 무사히 이겨내셨다.

수술 끝나자마자 시작되는 서른 번의 방사선 치료와 항암 치료를 결정할 때도 몸무게가 그대로라 이 또한 걱정이었다. 체력이 뒷받침돼야 항암이고 방사선이고 견디실 텐데. 하지만 어머니는 그 어려운 수술과 항암 치료, 방사선 치료를 모두 견뎌내셨고, 그렇게 1년이 흘렀다.

며칠 전 병원 검진 결과도 모두 정상으로 나왔다. 그리고 수술 당시보다 몸무게가 8킬로그램이 늘었다. 꾸준히 좋아지고 있는 것이 분명해 보인다. 하지만 암 환자의 운명은 아무도 모른다. 좋아지다가도 급격히 나빠지는 일이 흔하기에 방심할 수 없다. 그래서 낙관하지 않는다. 최선을 다해 간병을 할 뿐이다. 씹을 수 없어서 여전히 미음밖에 못 드시지만 입맛도 점차 돌아오고 운동도 열심히 하시니 그저 감사한 일이다.

당신 몸이 차도가 있으니 이제 어머니는 아들 걱정이 소일거리다. 오늘은 굳이 잡곡밥을 해주시겠다고 현미와 검은콩, 귀리, 율무 등의 잡곡을 씻는다. 혹시나 돌이 있을까 봐 조리로 거르기까지 하신다.

"어머니 요새 돌이 어디 있어요. 기계로 다 골라내는데."

"모르는 소리 마. 그래도 자잘한 돌이 있어."

"그게 보이세요?"

"안 보여도 조리로 거르면 잔돌이 밑으로 빠져나가."

어머니 덕에 조리 쓰는 모습을 참 오랜만에 보았다. 옛날 영화에나 나오는 장면 아닌가. 어머니가 조리로 걸러서 해주신 잡곡밥. 그 거친 잡곡밥이 너무도 부드럽고 달다. 어머니가 또 이렇게 생명의 기운을 나눠주신다.

낯간지러운 표현을 못 하는 성격이라 평생 누구에게도 존경한
다는 말을 못 해봤다. 하지만 오늘은 그 말이 자연스럽게 나온다.

"어머니 존경해요."

2021. 3. 23

2부 어머니의 레시피

무 물김치보다 맛있는
배추 물김치

어머니가 또 물김치를 담그셨다. 무 물김치와 배추 물김치 두 종류다. 물김치 중에서도 언제나 겨울 무로 담근 물김치는 진리다. 특히 어머니가 담그신 무 물김치는 그야말로 속이 뻥 뚫리는 시원한 맛이 일품이다. 세상 어느 해장국보다 뛰어난 해장국.

그런데 이상하다. 이번에는 배추 물김치가 훨씬 더 시원하고 감칠맛까지 난다. 무 물김치도 월동무로 담근 것인데, 배추가 다른가? 배추도 맛있긴 하다마는 그것만으로는 이해가 안 된다.

"어머니 어째서 이번에는 배추 물김치가 더 맛있어요? 무 물김치에는 배까지 썰어 넣고 월동무로 만들었는데요."

어머니가 빙긋이 웃으신다.

"배를 갈아 넣고 찹쌀풀을 쒀서 넣었더니 그런갑다."

"배를 갈아 넣으셨다고요?"

물김치를 담그더라도 보통은 그냥 배를 썰어 넣는데 이번에는 배를 통째로 믹서에 갈아서 넣으셨단다.

"설탕 안 쓰려고 배를 갈아 넣었어."

이번에는 찹쌀풀도 다르다. 정성이 몇 배나 들어갔다. 보통은 그냥 찹쌀가루를 사다가 풀을 쒀서 넣고 담그시는데, 이번에는 더 맛있게 담그려고 찹쌀을 물에 불려서 믹서에 간 뒤 체로 찌꺼기는 걸러내고 그 물만으로 풀을 쒀서 물김치에 넣으셨단다. 그래서 배추 물김치가 그토록 달고 시원했던 것이다.

배도 갈아서 체에 거른 뒤 순수한 배즙만을 넣으셨다. 어찌 맛이 없을 수가 있을까? 물김치 국물 색도 더 진하다. 보약같이 귀한 물김치. 원래 담그던 방법을 고수하지 않고 새로운 레시피까지 개발해내신 어머니.

"그래야 더 맛있을 거 같아서 한번 해봤어."

대수롭지 않게 말씀하시지만 그 정성과 창의성이 일류 셰프 저리 가라다.

2021. 3. 25

　　　　　　　2부 어머니의 레시피

관음보살을
친견하다

오늘 아침 관음보살을 친견했다. 불교신자도 아니고 철저한 무신론자인 내가 관음보살을 만나게 될 줄 꿈에도 생각하지 못했다. 헛것을 본 것인가? 술이 덜 깨서 환각이라도 본 것일까? 아니다. 나는 오늘 진실로 관음보살을 친견했다. 보살을 친견한 시말은 이렇다.

요즘은 항상 건강을 생각하라는 어머니의 강권으로 율무와 귀리, 현미로 지은 거친 잡곡밥을 먹고 산다. 처음에는 먹기가 거북했는데 이제는 백미 밥이 맛이 없다. 잡곡의 그 고소한 맛은 씹을수록 매력적이다. 물론 꼭꼭 씹어야 하니 좀 귀찮기는 하지만 이또한 버릇이 되니 어려운 일이 아니다.

오늘 아침도 밥알을 꼭꼭 씹어 삼켰다. 그러다 잠깐 정신이 나간 것인지 한 수저를 제대로 씹지 않고 대충 우물우물 삼키고 말았다. 그리고 또 한 수저를 입에 넣고 대충 삼키려는 찰라, 텔레비전을 보고 계시던 어머니가 뒤도 돌아보지 않고 한 말씀을 툭 던지신다.

"잘 좀 씹지, 거친 밥을 그냥 삼키면 소화가 되냐!"

순간 뒤통수를 얻어맞은 듯 정신이 번쩍 들었다. 예능 프로라 방송 소리는 시끄럽고 어머니는 텔레비전에 눈을 고정한 채 두 손으로는 고무줄을 잡고 근력을 키우는 운동까지 하고 계셨다. 그런데 어떻게 내가 밥을 대충 씹는 것을 아셨지? 뒤통수에 눈이 달리신 것도 아니고. 게다가 이명으로 귀마저 어두우신데. 귀신이 곡할 노릇이 아닌가!

반쯤 목에 걸린 잡곡밥을 소처럼 되새김을 하며 어머니 뒷모습을 보니 어머니는 미동도 없이 그냥 방송에 몰두하고 계신다. 순간 어떤 섬광 같은 것이 번쩍 지나갔다. 거기 관음보살이 계셨다. 천수천안 관음보살. 천 개의 손과 천 개의 눈이 있어 세상의 모든 것을 다 살피시는 보살. 자식을 지키기 위해 천 개의 눈과 천 개의 손을 지니신 어머니 보살. 나는 그렇게 관음보살을 친견했다.

2021. 4. 17

어머니와
꽃게찜

　구강암이 무엇보다 힘든 것은 음식을 먹기가 어렵다는 점이다. 턱뼈와 치아의 절반을 잘라내는 대수술을 받으시고 항암과 방사선 치료까지 다 견뎌내셨지만 대가는 가혹했다. 더 이상 음식을 씹으실 수 없는 것이다. 수술 후 1년 반이 지났지만 어머니는 여전히 미음만 드신다. 입의 감각이 되살아나지 않으니 조금이라도 딱딱하거나 물기가 없는 음식은 삼킬 수도 없다. 그렇기에 어머니는 날마다 "먹는 게 제일 힘들어"라고 말씀하신다.

　오늘은 특식을 해드렸다. 비금도의 선장님께 알배기 봄 꽃게를 주문해 꽃게찜을 했다. 가위로 자른 뒤 일일이 꽃게 살을 발라냈다. 2킬로그램을 쪘는데도 살은 많지 않다. 워낙에 꽃게가 살

보나는 껍질이 많은지라. 그래도 살만 한 접시 가득 나오니 갑자기 꽃게 부자가 된 듯 뿌듯하다. 어머니가 꽃게 살을 보며 빙긋이 웃으신다.

"살이 실하구나."

발라낸 꽃게 살도 그냥은 드실 수 없어서 스프를 끓여서 드리니 "달다. 달아" 감탄을 하시면서 잘 드신다. 맛있게 드시라고 알을 조금 넣어드렸는데 넘어가지 않는다며 뱉어내신다. 다음부터는 그냥 흰 살만 발라서 드려야겠다. 고기도 싫어하시고 다른 해산물도 냄새가 싫다고 안 드시는데 그래도 꽃게는 드시니 감사하다.

어머니도 아들을 위해 호박나물을 해주셨다. 건강하실 때 직접 새우를 사다 담그셨던 보물 같은 새우젓. 어머니는 새우젓을 넣으시며 "호박나물에는 새우젓이 꼭 들어가야 한다"고 레시피를 또 알려주신다. 호박나물도 달다.

어머니에게도 조만간 꽃게 살 스프를 한 번 더 끓여드려야겠다. 잠시라도 행복한 날들이다. 어머니에게 받은 은혜의 1만분의 1도 안 되지만 아들에게 하나라도 갚을 기회를 주기 위해 살아내주시니 눈물겹도록 감사하다.

2021. 5. 1

3부

내 삶의 스승이신
어머니

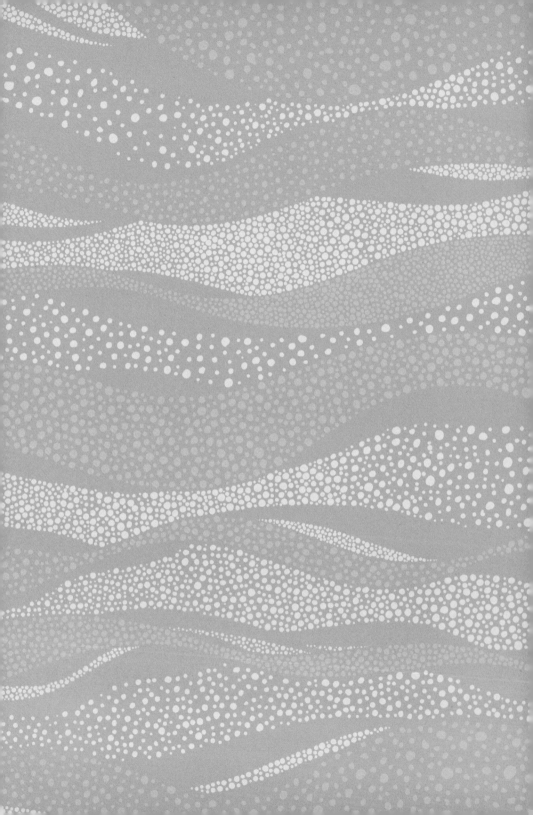

고양이들은 참 욕심이 없어

　내가 어머니를 존경하는 것은 단지 내 어머니라는 이유 때문만은 아니다. 더없이 검소한 무욕의 삶 때문이기도 하다. 대다수 우리네 어머니들이 비슷하시다. 어머니는 전기세 아끼려고 화장실 불을 켜지 않고 용변을 보며 사셨다. 영하의 겨울에도 난방을 거의 하지 않고 대신 두꺼운 옷을 입고 평생을 살아오셨다. 날품팔이 허드렛일 다니실 때는 좌석버스를 타면 30분이면 갈 거리를 100원 아끼려고 돌고 도는 일반 버스 타고 한 시간을 다니셨다. 하지만 아낌없이 써야 할 곳에는 한 치의 망설임도 없었다. 물론 암 수술 뒤에는 강제로 난방을 해드리고는 있다.

　측은지심이 크신 것도 어머니를 존경하는 이유 중 하나다. 오래전에 작은 식당을 하실 때 걸인들이 구걸을 오면 늘 밥을 먹이거나 돈을 쥐어주어 보내셨다. 지금은 동물들에 대한 사랑으로 그 측은지심을 이어가고 있다. 어머니가 집에 찾아오는 고양이들에게 밥을 준 것이 벌써 10년도 넘었다. 오늘 찾아온 녀석은 2년째 날마다 빠짐없이 찾아와 밥을 얻어먹고 낮잠까지 즐기다 간다.

"고양이가 개보다 모성애가 더 깊어. 저 아이가 새끼를 낳아 데리고 왔는데 새끼 하나가 대문 밑으로 기어나가니 어찌나 애타게 울던지. 내가 다 가슴이 타들어 가더라. 발을 뻗어 잡으려다 안 되니까 나중에는 넘어가서 물고 들어왔어. 사람보다 나아. 사람보다."

어머니는 그 고양이가 쉴 새 없이 새끼를 낳는 것을 안쓰러워하신다. 어머니가 확인한 것만 벌써 다섯 번째다. 오늘도 고양이는 사료를 조금 남겼다. 또 새끼를 낳아서 젖을 먹이려면 많이 먹어야 할 텐데 입맛이 없나 싶었는데 어머니가 알려주신다.

"아냐. 고양이들은 참 욕심이 없어. 아주 욕심이 없어. 저 아이는 먹을 것을 줘도 먹다가 배부르면 안 먹어. 절대 욕심을 안 내."

어머니가 그리 사셨잖아요. 제가 저 고양이보다 나은 점이 뭐가 있을까요? 사람들도 저 고양처럼 욕심 없이 살 수 있다면 얼마나 좋을까요. 얼마나 평화로운 세상이 될까요? 어머니.

2021. 5. 25

삽을 잡은
어머니

　어머니가 드디어 죽어가던 왼팔을 되살리셨다. 암 수술 이후 왼팔은 거의 마비가 돼서 쓸 수가 없었다. 처음에는 동네 병원으로 모시고 가 물리치료를 받게 해드렸는데 너무 아프기만 하다고 치료를 거부하셨다. 그대로 두면 영영 못 쓰게 될 듯해서 집에서 운동을 하시게 했다. 그렇게 날마다 1년 동안 스스로 운동을 하시더니 드디어 오늘 삽을 들고 마당의 땅을 파신다. 거둬주는 길고양이 똥을 묻기 위해서다.

　삽을 들고서 어머니는 스스로도 놀라는 눈치다. "어제까지도 팔을 못 들겠더니, 괜찮네" 하신다. 꾸준한 재활 운동의 힘이 오늘 비로소 극적인 효과를 나타낸 것이다. 씹을 수가 없어서 여전히 미음만 드시는데도 스스로의 의지로 점차 일상을 회복해나가시는 어머니. 새삼 고맙고 존경스럽다. 삶은 역시 살려는 의지의 집합체다.

2021. 6. 6

수박 주스와
삶은 감자

"이번 건 심심하다. 안 달아."

"꿀 좀 타드릴까요? 어머니."

"그냥 먹으란다. 물보다는 나아."

수박을 갈아 만든 수박 주스 맛이 심심하시다 해서 꿀을 좀 타드리겠다 했더니 어머니는 손을 젓는다. 지난번 갈아드렸던 수박은 달디달았는데 장마철이라 그런지 이번 수박은 좀 덜 달다.

어머니가 입맛이 점차 살아나시는 듯해서 반갑지만 여전히 씹어야 하는 음식은 드실 수 없어 그 연하디연한 수박마저도 갈아서 드려야만 드실 수 있으니 그저 안타깝고 속상하다.

"그래도 많이 드셔야 해요. 기침에도 좋대요."

암 수술을 받은 직후부터 어머니는 내내 잔기침을 달고 사셨다. 그런데 근래 들어 기침이 더 심해진 듯하다. 수술한 대학병원이나 동네 이비인후과에 가도 별 뾰족한 수가 없다. 그나마 물약을 처방해주는데 여전히 잡히지 않으니 답답할 노릇이다. 어머니는 기침 때문에 밤잠을 설치시니 낮잠을 자는 시간이 늘었다.

좋아지면서 동시에 서서히 쇠약해지고 있다는 뜻이리라. 그래도 아들은 해드릴 수 있는 것이 없어 수박 주스나 만들어드린다. 생로병사의 자연법칙을 거스를 수 있는 존재가 없음을 잘 알지만 그렇다고 해서 쉽게 초연해질 수도 없다.

차오르는 슬픔을 누르고 어머니가 칼로 하나하나 껍질을 벗겨서 정성스럽게 삶아준 감자를 먹는다. 목울대에 가득 찬 눅눅한 슬픔 덕에 포실포실한 감자가 막힘없이 꿀떡꿀떡 잘도 넘어간다. "어머니 감자가 너무 맛있어요." 아들은 생사의 슬픔 따위는 금세 또 잊어버리고 천진한 아이가 되어 어머니의 감자를 달게 삼킨다. 그렇게 삶은, 삶은 감자처럼 또 꾸역꾸역 한 굽이를 넘어가고 있다.

2021. 7. 11

어머니의
달걀볶음밥

한 그릇에 10만 원씩 한다는 어느 호텔의 샤인머스캣 빙수는 못 사드리지만 샤인머스캣 주스는 해드릴 수 있지. 어머니가 드실 수만 있다면 날품을 팔아서라도 그 비싼 빙수든 뭐든 다 사드리고 싶지만 지금은 차가운 음식이나 씹는 것은 전혀 못 드시니 안타깝기만 할 뿐이다.

불효막심한 아들은 늘 뒤늦은 후회에 가슴을 친다. 집 근처 시장에서 자잘한 샤인머스캣을 싸게 팔기에 사다가 갈아드렸다. 유기농 청사과도 주문했지만 갈아드려도 시다고 잘 못 드시니 내가 대신 마시고 어머니는 달달한 포도 주스를 해드리니 잘 드신다.

어머니 식사 후 문득 달걀밥이 먹고 싶었다. 다른 고명 아무것도 넣지 않은 순수한 달걀밥. 달걀과 밥만으로 만든 달걀볶음밥.
어린 시절 어머니가 해주시던 달걀밥은 그토록 고소하고 부드럽
고 맛있었는데 내가 한 것은 도대체 그 맛이 나지 않았다. 그래서
어머니표 달걀밥을 만들기로 했다.

어머니 지시에 따라 프라이팬을 먼저 불에 올려 달구었다.

"달걀은 다른 그릇에 깬 다음 넣는 거야."

상한 달걀이 나올 수도 있으니 프라이팬에 바로 넣지 말고 따
로 깨서 확인한 다음 싱싱한 달걀로 하란 말씀이다. 달구어진 프
라이팬의 불을 줄이고 달걀을 풀어서 살짝 익힌 다음 밥을 넣고
볶았다.

"토마토랑 당근도 좀 넣고 볶아라. 그래야 건강에 좋아."

"아뇨, 어머니 옛날 어머니가 해주시던 그 달걀밥을 먹고 싶어
요."

달걀도 귀하던 시절 해주시던 그냥 달걀만 넣고 볶은 밥. 달걀
과 잘 섞인 밥을 살짝 더 볶은 다음 불을 끄려니 어머니가 제지하
신다.

"그렇게 대충하면 밥이 볶아지냐. 기름 범벅이지."

아차, 다시 달걀과 밥이 잘 섞이게 3분쯤 더 볶으며 소금을 살
짝 뿌려 간을 했다. "소금은 너무 많이 치지 말고. 김치 먹으면 간
이 되니까."

간을 싱겁게 해도 김치를 같이 먹으면 되니까 너무 짜게 하지 말란 말씀이다.

어머니 지시대로 하니 아주 간단하게 달걀밥 완성이다. 파나 당근도 안 넣은 순정한 진짜 달걀밥. 바로 이 맛이다. 달걀 옷을 입은 밥알이 고슬고슬하게 볶아져 고소하고 달달하다. 한 수저를 떠먹으니 허기가 순식간에 사라지는 느낌이다.

"진짜 꿀맛인데요, 어머니."

"볶음밥도 따뜻한 밥으로 해야 맛있어. 볶음밥 한다고 부러 밥을 식혀서 하는데 그러면 덜 맛나."

수분을 날려야 잘 볶아지니 일부러 밥을 식힌 뒤 볶음밥을 하기도 하는데 그러지 말란 말씀이다. 어머니의 꿀팁이다.

2021. 7. 15

어머니의
메모

섬 사진전을 하느라 한동안 어머니에게 소홀했다. 서울에서 사진전을 끝내고 인천 어머니 집에 오니 어머니의 기력이 많이 쇠해 보이셨다. 이 찜통더위에 에어컨도 안 틀고 선풍기 하나로 견디고 계신다. 우선 에어컨부터 틀었다.

"엄니, 제발 에어컨 좀 틀고 지내세요."

"추워서 그래."

"춥다면서 왜 내의만 입고 계세요. 선풍기는 왜 트시고."

"견딜 만하니까 그렇지."

"전기세 얼마 안 나오니 제발 걱정 말고 트세요."

"그래 알았다."

대답은 그리하지만 내가 없으면 또 에어컨을 꺼버릴 것이 분명하다. 어쩌겠는가! 평생 근검절약이 몸에 배셨으니. 자주 옆에 있으면서 틀어드리고 함께 더위를 이기는 수밖에. 이번 생에 나에게 남은 가장 중요한 미션이 어머니가 조금이라도 덜 고통받고 살다 가시게 하는 일이란 사실을 잠깐 잊고 있었다.

어머니가 기력이 없는 원인은 더위 때문만이 아니었다. 아직도 미음밖에 못 드시지만 입맛이 차츰 돌아오면서 어머니는 한동안 옥타미녹스나 글루타데이 등 영양 보충제를 끊으셨다. 보충제를 드시게 했더니 저녁부터는 다시 기력을 조금 회복하셨다. 참 신기하다. 오늘 아침도 기력이 넘치신다.

아무리 음식을 잘 드셔도 미음 한 그릇일 뿐이니 영양에는 한계가 있을 수밖에 없다. 부족한 부분을 필수 아미노산 등이 함유된 영양 보충제로 보강해준 것이 기력 유지의 원인이었던 것이 다시 확인된 셈이다. 아마도 어머니가 보충제를 끊으려 했던 이유는 돈을 아끼자는 뜻이었을 것이다.

"어머니, 그거 얼마 안 하니 제발 좀 거르지 말고 드세요."

"그래, 알았다."

가난한 아들을 생각해서 한 푼이라도 아끼시려는 어머니. 못난 아들은 가슴이 먹먹하다. 자신은 나날이 쇠약해지면서도 어머니는 오로지 아들 건강 걱정뿐이다. 밖에 나다닐 수 없으니 어머니는 날마다 방 안에서 텔레비전을 보며 시간을 보내신다. 가장 자주 보는 프로는 건강 프로그램이다. 그 또한 자신을 위한 것이 아니다. 아들의 건강을 챙겨주기 위해 꼬박꼬박 정보들을 메모하고 아들에게 들려주신다.

메모장에는 술고래인 아들을 위해 간 해독에 좋다는 요법들이 빼곡하다. 아, 그래도 나는 술을 끊을 수 없을 듯하다. 순전히 어머니를 위해서다. 어머니 근심거리가 아주 없어지면 치매가 올까 봐 걱정이 되기 때문이다.

중복을 맞아 무엇을 해드릴까 하다가 산낙지와 수박을 사 왔다. 낙지를 데쳐서 갈아 미음에 넣어드렸다. 기력 회복에 낙지만 한 것이 또 있겠는가. 어머니는 통으로 오물오물 씹어 드시던 낙지 맛이 그리운지 "갈아버리니 낙지 맛이 안 나" 하신다. 그래도 어쩌겠는가. 후식은 수박을 갈아서 수박 주스. 저녁은 생새우를 사다가 까났으니 또 갈아서 죽에 넣어드릴 참이다. 아! 이렇게라도 어머니가 드실 수 있으니 참으로 감사한 일이다.

2021. 7. 22

밥 먹는 것이
제일 힘들어

어머니가 점점 식사를 힘들어하신다. 미음 한 그릇 드시는 데 두 시간이 걸리니 왜 아니겠는가.

"밥 먹는 것이 제일 싫어. 너무 힘들고."

암 수술 직후 어머니는 방사선 치료와 항암 치료를 받으셨다. 병원에서는 잔존해 있을지 모르는 암세포를 없애기 위해서 정해진 치료 과정이라 했다. 치료를 받지 않으면 재발 가능성이 크고 다시 암이 재발했을 때 보험 혜택을 받을 수 없을 거라고 회유했다. 재발 시 마약성 진통제로도 잡히지 않던 통증이 되찾아 올 것이 예상되니 거부하기 어려운 일이었다. 그래서 결국 방사선 치료와 항암 치료를 받았다.

하지만 방사선 치료 후 입안의 정상 세포까지 죽어서 어머니는 미음도 제대로 삼키기 힘들다. 병원에서는 세포가 되살아날 가능성이 전혀 없다고 한다. 포기하고 적응하며 살아야 한다고 했다. 방사선 치료 후 1년 반이 지났지만 좀처럼 적응이 어려우시다. 여전히 물도 숟가락으로 떠서 드셔야 하고 유일한 식사인 미음마저도 숟가락으로 조금씩 떠서 삼켜야 한다. 그 과정이 너무도 힘겹다. 미음 한 끼 드시는 데 보통 한 시간 반이 걸렸다. 그렇게 1년 반을 버텨오셨으니 오죽 고통이 크셨을까.

그런데 올해 여름 들어서면서 기력이 더 쇠약해지셨는지 미음 한 끼에 두 시간이 기본이다. 무더위에 지친 데다 햇볕이 강해 마당에 나가서 걷던 운동마저 중단하시고 나니 더욱 기력이 떨어진 듯하다. 하루 미음 세 끼 드시는 데만 여섯 시간이 걸리니 어찌 먹는 것이 고역이 아닐까.

그래도 어머니는 고통을 견디며 오늘도 미음을 드신다.

"나 드러누우면 자식들 아무 일도 못 할까 봐 억지로 먹어. 몇 끼 안 먹는다고 바로 죽으면 좋겠지만 죽는 것도 쉽지 않고. 죽지도 못 하고 드러누우면 너만 고생시킬까 봐 먹지."

"죄송해요 어머니. 그래도 드셔야 해요. 방 안에서라도 많이 걸으시고요."

"그래. 나보다 네가 걱정이다. 나보다 네가 더 환자 같아."

"무슨 말씀이세요. 저는 건강해요."

"술을 마시는데 왜 걱정이 안 돼. 술이 몸에 젤로 해롭대."

고통의 와중에도 어머니는 늘 자식 걱정뿐이다. 살아주시는 것도 자식이 걱정돼서가 아닌가. 미음 한 끼 먹는 것도 사력을 다해야 할 정도로 고통인데 그 또한 자식 걱정 때문에 참고 견디는 것이다. 대체 어미란 존재는 무엇일까? 작은 차 숟가락으로 미음을 삼키는 어머니를 보고 있으니 가슴이 미어진다. 어머니를 병들게 하면서까지 나는 무엇을 찾아 그리도 밖으로만 떠돌았던 것일까? 어머니를 돌봐드리는 것 말고 나에게 남은 생애 중요한 일이 무엇이 또 있을까? 어머니가 드실 된장국을 끓이며 또 아침이 간다.

2021. 7. 31

개떡같이 말해도
찰떡같이 알아들어야지

⌣

지난 늦봄 뒤늦게 어머니가 심었던 채소들이 작지만 귀한 열매를 맺었다.

"안 열 줄 알았더니 저렇게 열었어."

역시 어머니 손은 금손이다. 25년간 도시농부로 밥상에 오르는 거의 모든 채소를 자급자족했던 어머니. 어머니 손만 가면 채소든 과일이든 쑥쑥 자라고 열매도 실했다. 한여름 뙤약볕에도 종일 풀 뽑고 벌레 잡아내며 길러내시던 순수 유기농 음식들.

올해는 모종을 너무 늦게 심은 탓에 오이, 가지, 방울토마토, 단호박 등이 아주 조금씩 열렸지만 어머니는 열매 연 것이 너무도 기쁘시다. 한동안 떠돌다 돌아오니 어머니가 따서 보관해뒀던 가지와 단호박을 삶아 요리를 해주신다.

"너무 많이 삶아버려서 물러터졌네. 잘아서 조금만 삶았어야 했는데. 시간을 못 맞췄어."

암 수술을 받은 뒤 몸이 쇠약해지면서 감을 잃으신 어머니.

"그래도 괜찮아요. 너무 맛있겠네요."

어머니는 가지를 일일이 손으로 찢은 뒤 간장으로 간을 해서 무쳐주신다. 어머니가 손수 기르신 채소와 나물을 다시 먹을 수 있다니 얼마나 벅찬 감동인가!

"어머니 너무 맛있어요. 살살 녹아요."

어머니는 아들이 맛나게 먹자 살포시 웃으시며 좋아하신다. 어머니 건강하실 때 채소며 과일 등을 직접 길러서 차려주시던 그 건강한 음식들을 그때는 제대로 먹지도 않고 남기기 일쑤였다. 뼈저리게 후회한다. 늘 깨달음은 늦고 후회는 부질없다.

어머니는 후식으로 생강차까지 끓여주신다.

"생강은 조금이라도 상한 게 있으면 버려야 해. 생강은 상하면 곰팡이가 피잖아. 그거 아깝다고 잘라내고 먹어도 안 돼. 간이랑 폐에 아주 안 좋대."

"네, 어머니."

"과일도 똑같아. 썩은 데만 잘라내고 먹으면 안 돼. 균이 옆으로 퍼져 있으니까."

"명심할게요, 어머니."

맨날 한 귀로 듣고 한 귀로 흘려버리는 아들이 못 미더운 어머니. 또 한마디 경책의 말씀을 빼놓지 않으신다.

"개떡같이 말해도 찰떡같이 알아들어야지."

어머니가 오늘도 명언을 하셨다. 이제부터는 누구의 말이든 어머니 뜻을 받들어 개떡 같은 소리도 찰떡같이 알아들어야겠다.

2021. 8. 15

보약보다
중요한 것

　여름을 나면서 어머니의 기력이 많이 쇠한 듯해서 보약을 지어드렸다. 입맛도 조금 되찾게 하고 기력도 찾아드려야지 싶었다. 그런데 막상 지어드리고 보니 잘한 일인가 걱정이 앞선다. 암 수술 이후 2년이 다 되어가지만 여전히 음식을 드시기 어려운 까닭이다.

　방사선 치료의 후유증이 너무 크다. 씹는 것은 아주 불가하고 물도 컵이나 빨대로도 드시지 못하고 수저로 떠서 드신다. 그러니 보약 또한 수저로 떠 드셔야 한다. 하루 세 번 드시려면 그 또한 한 봉에 30분씩 시간이 소요된다. 보약 드시다 기력이 더 떨어지는 것은 아닐까 걱정이다.

"돈이 아까워서 이번엔 먹을란다만 다음에는 절대로 지어오지 마라."

어머니의 당부가 가슴 아프다. 뭐든 잘 드실 수 있고 건강하실 때는 제대로 챙겨드리지 못했다. 이제 아들도 정신을 차리고 어머니께 뭔가를 자꾸 해드리고 싶지만 어머니가 드시기 힘드니 속이 상한다. 세상의 자식들에게 당부드리고 싶다. 어머니 건강하실 때 정성껏 보살펴드리시길. 아픈 다음에는 해드리고 싶어도 해드릴 수 있는 것이 없다. 늦게 철든 불효자의 경험이다.

오늘은 어머니께 잘 익은 황도를 갈아드렸다. 과일도 베어 드시지 못하니 무조건 즙이다. 다행히 물 한 방울 안 섞었는데도 잘 갈아져서 과즙이 됐다. 어머니도 맛있게 드시니 그나마 위안이 된다. 어머니는 복숭아즙을 드시고 아들은 어머니가 삶아주신 옥수수와 감자를 먹는 아침. 어머니와 함께 식사 한 끼 할 수 있다는 것은 얼마나 큰 행복인가.

2021. 9. 14

사랑을
줄 수 없는고통

어머니에게 드릴 굴국을 끓였다. 통영에서 사 들고 와 굴과 무로 끓인 굴뭇국. 언제나 겨울이면 어머니가 끓여주시던 굴뭇국. 어머니의 바다 음식 레시피 중 파래김치, 생민어탕과 함께 내가 가장 좋아하는 굴뭇국. 주독뿐 아니라 몸에 쌓인 모든 독을 다 씻어내 주는 해독제. 어머니가 끓여주신 굴뭇국은 내가 술독에 빠져 허우적거릴 때마다 나를 건져내 살려주던 생명의 음식이었다.

그런데 이제는 내가 어머니의 레시피를 따라 굴뭇국을 끓였다. 갈수록 어머니의 기력이 쇠약해져 이제는 다시 또 음식을 하기 힘드시니 내가 어머니의 코치를 받아가며 끓인다. 그런데 달고 시원한 굴뭇국을 끓였지만 어머니는 이 국을 온전히 드실 수 없다. 씹을 수가 없으니 미음을 드시면서 국물만 몇 숟갈 떠 드실 뿐이다.

"국이 시원하구나. 많이 먹어."

환하게 웃는 어머니를 바라보며 울음을 삼킨다. 맛난 것을 해드리고 싶어도 해드릴 수 없는 슬픔. 사랑을 받지 못하는 고통보다 사랑을 줄 수 없는 고통이 이리 클 줄은 몰랐다. 아들은 평생 어머니의 사랑을 받고 살아오면서도 받는 것을 당연하게 생각했을 뿐 어머니에게 드릴 생각은 못 했었다. 어머니가 암 수술과 방사선, 항암 치료를 받은 뒤에야 알았다. 사랑을 줄 수 없는 고통이 얼마나 큰지를.

아무리 맛난 것이 있어도 드릴 수가 없다. "먹는 것이 젤로 힘들어" 하실 때마다 가슴이 미어진다. 가을 단풍을 보여드리고 싶어도 보여드릴 수 없고, 손 맞잡고 공원 산책도 하고 싶은데 그럴 수 없다. 걷는 것이 숨이 차니 방 안에만 계실 수밖에 없다. 그러니 아들은 그 무엇도 해드릴 수 없다. 어머니께 받은 사랑의 1만분의 1이라도 돌려드리고 싶은데 그럴 수가 없다. 그래서 슬프고 또 슬픈 날들이다.

사랑을 줄 수 있다는 것은 얼마나 큰 행복인가. 평생 사랑을 받지 못하더라도 한순간만이라도 온전한 사랑을 줄 수 있다는 것은 대체 얼마나 큰 행복인가. 나는 너무 늦게 깨달았다. 사랑을 못 받

는 것을 한탄할 시간에 사랑을 줄 수 있는 것에 감사해야 한다는
사실을.

2021. 11. 30

한 해를
더 살다

내가 지극히 사랑하는 이와 함께 연말연시를 보냈다.

나를 자신보다 더 사랑하는 이와 새해를 맞이했다.

어머니가 한 해를 더 살아내셨다.

마약성 진통제조차 무용하게 만들던 그 지독한 구강암을 이겨
내시고 어머니는 2년을 더 생존하셨다. 이제 3년째 들어서지만
얼마나 더 살아주실지 모른다. 하루하루가 마지막 날이다. 그래
서 이제는 내게 어머니보다 귀한 사람도 없고 귀한 일도 없다.

어머니와 함께 한 해를 보내고 또 한 해를 맞이할 수 있는 시간
이 얼마나 남았겠는가.

새해의 일출을 보러 가는 것보다 어머니 얼굴을 보는 것이 더 소중함을 너무도 늦게 깨달았으니 세상에 이런 불효자가 또 있을까. 어머니의 손을 잡고 함께 텔레비전을 보면서 속울음을 삼킨다. 그저 곁에 있어 드리는 것뿐인데도 어머니는 웃으신다.

아들이 어떤 일을 해도 늘 지지와 응원만 하셨지 단 한 번도 만류하신 적 없던 어머니. 평생 내 편이셨던 어머니. 어머니가 나를 만드셨고 어머니가 나를 살리셨다.

글을 쓰면서도 눈물이 왈칵 쏟아진다.

어머니를 더 지극히 섬기는 것이 올해의 내 가장 큰 계획이다.

사랑해요, 어머니.

2022. 1. 1

입에 좋은 거 말고
몸에 좋은 거 먹어라

늘 섬과 바닷가만 배회하다가 모처럼 강원도 산속을 헤매고 있다. 태백에서 1박을 하고 오대산 월정사 자작나무 숲길을 걷다가 어머니에게 안부 전화를 드렸다.

"밥은 먹고 다니냐?"

암 수술 후 3년이 지나도록 미음밖에 못 드시는 어머니를 두고 혼자만 맨날 맛난 것 먹고 돌아다녀 먹을 때마다 마음이 편치 않은데 어머니는 늘 아들 걱정뿐이다.

"잘 먹고 있어요. 어머니. 맛있는 거 맨날 먹으니 걱정 마세요."

"몸에 좋은 거 먹어라. 입에 좋은 거 먹지 말고."

"네, 어머니."

3부 내 삶의 스승이신 어머니

"입에 좋다고 다 좋은 게 아니야. 몸에는 독이 될 수도 있어. 몸에 좋은 거 먹어."

"네, 네, 어머니. 명심할게요."

아, 어머니가 또 법어를 내리신다. '입에 좋은 거 말고 몸에 좋은 거 먹어라.'

명산대찰을 찾아다녀봐도 나그네는 어머니만 한 선지식을 만나보지 못했다.

입에 좋은 거 말고 몸에 좋은 거 먹으라는 말씀. 어디 그것이 먹는 것뿐일까.

2022. 1. 27

가장 귀한
차례상

설날 아침 가장 가난한 밥상을 차렸다. 날마다 산해진미 밥상만 받고 다니다 설날 아침은 숙주나물 한 접시로 밥을 먹었다. 단출하지만 어느 진수성찬보다 맛있는 어머니 밥상. 건강하실 때는 전도 부치고 생선도 굽고 국도 끓이고 온갖 나물에 풍성한 설 차례상을 차려주셨던 어머니.

그때는 다른 차례 음식에는 손도 대지 않고 술로 인해 쓰린 속을 달래려 국물이나 한술 뜨다 수저를 놓곤 했다. 그때는 그 밥상이 얼마나 귀한 밥상인 줄 몰랐다. 게다가 설날에도 어머니를 찾아뵙지 않은 날들이 더 많았다.

밥상을 차려놓고 오지 않는 아들을 기다리시던 어머니. 같이 밥 한 끼 먹는 것만으로도 얼마나 큰 효도인가를 그때는 정말 몰랐다. 얼마나 어리석은 삶이었던가. 뼈저리게 후회하지만 되돌릴 수 없다. 다시는 받을 수 없는 어머니의 그 차례상.

암 환자 어머니가 설날인데 그래도 아들한테 나물 하나라도 해주고 싶다 하셔서 숙주를 사 왔다. 가장 간단하게 할 수 있는 나물, 어머니가 무쳐주신 숙주나물 하나로 설날 아침상을 차렸다. 눈물에 버무린 숙주나물을 삼켰다. 가장 가난한 밥상이지만 내 평생 받아본 가장 귀한 차례상이다. 내년 설에도 부디 이 귀한 나물 밥상을 다시 받을 수 있기를. 어머니가 내년 설까지도 제발 살아주시기를. 올해 설날 가장 간절한 소망이다.

2022. 2. 1

어머니는 한결같은
내 삶의 스승

ㅎ

    몸무게가 다시 35킬로그램. 어머니의 기력이 급격하게 쇠잔해지는 듯해서 걱정이다. 암 수술 후 회복기에 들면서 46킬로그램까지 올라갔던 어머니의 몸무게가 계속 줄어든다. 3년째 미음만 드시니 그럴 수밖에. 수술 직후 네 차례의 항암 치료와 서른 번의 방사선 치료를 받았는데 그 방사선 치료가 문제였다.

    병원에서는 구강암이라 혹시 입안에 잔존해 있을지 모를 암세포를 잡는다고 그 독한 방사선을 마구 쏘아댔다. 그 과정에서 정상 세포까지 괴사됐으니 입이 제 기능을 못하게 된 것이다. 거부 의사를 밝히기도 했지만 재발에 대한 불안감 때문에 결국 방사선 치료를 받아들일 수밖에 없었다. 방사선 치료를 시작하고 나서는 어머니가 너무 힘들다고 그만 받겠다고 하셨는데 그때는 또 내가 우겨서 그대로 받으시라고 강권했다. 얼마나 미련한 선택이었던가. 부끄럽고 죄송할 뿐이다.

어머니의 몸무게를 늘리기 위한 비상 작전에 돌입했다. 수술 직후에는 흑염소즙, 소고기, 전복 등 온갖 보양식을 다 해드렸고 미음에 다양한 영양분을 넣어드렸다. 그런데 어느 정도 기력을 회복하고 입맛이 돌아오자 어머니께서 그런 것들을 거부하셨다. 비위가 약해지셨기 때문이다.

그래서 어머니는 잡곡과 채소만 넣고 끓인 미음만을 고집하셨다. 단백질 음료도 끊었다. 그 후과가 나타나기 시작한 것이다. 어머니를 다시 설득했다. 무조건 영양가 있는 음식과 영양제를 드셔야 한다고. 이대로 가다가는 암세포 때문이 아니라 영양실조로 돌아가실 수도 있으니 무조건 잘 드셔야 한다고 설득했다. 결국 어머니도 납득하셨다.

우선 기름기 적은 소고기 안심 부위를 사다가 죽을 끓이기로 했다. 나는 20년째 고기를 먹지 않고 있으니 고기를 다루는 데는 서툴러 어머니의 지시를 따랐다. 정육점에서 잘게 갈아 온 고기를 물에 담가 핏기를 쫙 뺐다. 핏기 뺀 고기를 약불로 오래오래 삶아냈다. 바로 고기를 한 번 더 갈아 미음을 끓이려는데 어머니가 제지하셨다.

"소고기는 그렇게 하면 안 돼. 기름기를 걷어내야지."

"기름기 별로 없는데요, 어머니."

"식혀서 냉장고에 하룻밤 넣어둬."

"왜요? 어머니."

"넣어보면 알아."

나는 마음이 급해 어서 끓여드리고 싶은데 무슨 소고기죽 한 그릇 끓이는 게 이리 복잡하고 시간이 많이 걸리는 것인지!

다음 날 어머니 말씀대로 그릇에 담아 냉장고에 넣어둔 소고기를 꺼내면서 기겁을 했다. 기름 덩어리가 저수지의 두툼한 얼음처럼 그릇을 가득 덮고 있었다.

"세상에 무슨 기름이 이렇게 많아요. 어머니?"

"나이를 헛먹었냐?"

"제가요?"

"아니, 내가."

어머니께서 나이를 허투루 먹지 않았으니 어머니 말씀을 따라야 한다는 뜻이다. 어머니는 늘 직설화법보다는 은유의 언어를 사용하신다.

"항시 삶아서 냉장고에 넣었다가 굳으면 기름 걷어내고 미역국도 끓이고 뭇국도 끓이고 볶아 먹기도 했지."

아 그걸 나는 이제야 알게 됐다. 소고기뭇국 한 그릇에 얼마나

3부 내 삶의 스승이신 어머니

많은 어머니의 시간과 노동과 정성이 담겨 있었는지를.

"기름 안 빼고 그냥 먹으니 혈관 병도 생기고 살도 찌고 그러지."

굳은 기름 덩어리를 보고 어머니 말씀을 들으니 고기 안 먹는 삶을 선택했던 것이 새삼 잘했다는 생각이 든다. 어머니는 한결같은 내 삶의 스승이시다. 기름기 걷어낸 소고기를 다시 한번 곱게 갈아 미음을 끓여드렸다. 다시 주문한 단백질 음료와 소고기 미음을 아주 천천히 드시는 어머니.

"드실 만하세요, 어머니?"

"그래 먹을 만하구나."

다행이다. 고기가 어머니의 비위를 거스르지 않는 모양이다. 비위가 상해도 참고 드시는지도 모른다. 어떻든 드셔주시니 얼마나 감사한가. 살려는 의지가 사람을 살게 한다. 살아주셔서 너무 고마워요, 어머니. 눈물겹게 감사한 아침이다.

2022. 3. 8

부질없는
약속

"오늘은 술 먹지 마라."

어머니 곁을 잠시 떠나 다시 통영이다. 매일 아침 문안 전화를 드린다. 오늘은 어머니가 전화를 받자마자 술 마시지 말라는 말씀부터 하신다. 날마다 하는 말씀이지만 오늘 말씀은 더욱 간곡하다. 선거가 끝나면 어찌 됐든 술을 마시게 될 것을 잘 아시는 까닭이다.

"여당이 되든 야당이 되든 술 마시지 마라."

"걱정 마세요, 어머니."

나는 지킬 수 없는 약속을 한다. 어머니는 속마음을 꿰시고 다시 당부한다.

"제발 부탁이니 오늘은 술 마시지 마라. 기분 좋다고도 기분 나쁘다고도 마시지 마라. 술 마시다 탈이 나면 병원 가야 하는데 병원이 무섭다."

"진짜 안 마실 테니 믿으세요."

여전히 어머니는 안 믿으시는 눈치다.

"요샌 병원 가면 병이 낫는 게 아니라 병이 더 걸려. 병원에는 맨날 아픈 사람만 있으니. 감염돼서 병이 걸리지."

"네, 네."

"병원 안 가게 술 마시지 마. 잔소리해봐야 뭔 소용 있겠냐만."

"정말 정말 명심할게요, 어머니."

또 부질없는 약속으로 어머니를 속인다.

2022. 3. 26

홍합국
끓여 먹어라

"홍합국 끓여 먹어라."

"갑자기 왜요? 어머니."

"홍합이 간에 좋대."

어머니는 술독에 빠져 사는 아들의 간 건강이 늘 걱정이다. 어머니의 술 마시지 말란 당부는 들어드릴 수 없지만 간 해독에 좋은 해장국이라도 잘 챙겨 먹으라는 말씀은 따라야지.

요새는 금주하라는 말씀 외에는 어머니의 당부는 무조건 지키며 살고 있다. 젊어서는 어머니 말씀 지지리도 안 들었는데 어머니가 아프신 뒤에는 무조건 들으려 한다. 어머니가 병마의 고통을 견디며 살아내시는 유일한 이유가 아들 건강을 지켜주려는 것 때문임을 잘 알기 때문이다.

어머니의 유일한 삶의 이유. 어찌 거역할 수 있을까. 죄송하지만 그래도 술만은 끊지 못하니 아들은 평생 불효자다. 술 마시지 마라 하시면 "네" 하는 아들의 대답이 헛소리인 것을 어머니도 간파하고 계신다. 그래서 틈만 나면 간 해독에 좋은 해장국 먹으라고 지시를 내리신다.

오늘은 어머니 분부대로 홍합을 조금 사다가 해장용 홍합탕을 끓였다. 역시 '좋은 재료'와 '재료는 아낌없이'가 최고의 레시피다. 보통은 그냥 원재료만을 끓이는데 오늘은 파를 약간 넣었다. 바지락처럼 홍합 또한 푸르르 살짝만 끓였다. 모든 조개는 너무 익으면 질겨진다. 그러니 무조건 살짝 끓이는 것이 불문율이다.

맑은 홍합 국물 한 수저를 떠 넣으니 이 또한 기막힌 맛이다. "으. 미치겠네." 맛있어서 미칠 일이 많구나. 국물이 달다 달아. 집 나갔던 입맛이 되돌아오고 헛헛하던 속이 달래진다. 이게 다 어머니 말씀 잘 들은 덕이다.

2022. 4. 13

잔소리를 해도
든든해

오늘은 속이 상해서 어머니께 잔소리를 좀 했다. 너무 뭘 못 드시니, 드시기 어려워서 못 드시는 줄 알면서도 괜히 그냥 속상해서 이런저런 잔소리를 했다.

"제발 단백질 음료 좀 드세요. 영양 보조제도 드시고요. 고개도 숙이고 있지 마시고요."

"먹는 걸 자꾸 잊어버려. 고개도 들고 있었는데, 물 마시면 기도가 막혀서 그래."

"잘 기억했다가 드셔야죠. 계속 그렇게 고개를 숙이고 있으면 점점 더 숨 쉬기 어려워져요."

"그걸 어떻게 기억하니. 자꾸 까먹는데."

"그래도 기억하려고 노력해보세요."

"잔소리할 거면 가라."

토라져서 한소리 하시더니 일어나 방 안을 몇 발짝 걸으신다. 그렇게 묵묵히 고개를 숙이고 걷던 어머니. 고개를 들면서 말씀하신다.

"잔소리를 해도 네가 집에 있으니 든든하고 좋아."

나의 잔소리 따위는 금방 잊어버리고 다시 환하게 웃으신다.

어머니는 웃으시는데 나는 눈물이 난다.

점점 아기가 되어가는 어머니.

어머니의 시간은 거꾸로 간다. 그래서 더 눈물겨운 아침이다.

2022. 5. 7

후회

수술 후 한동안 좋아지는 듯했던 어머니가 나날이 쇠약해져 가신다. 어머니의 말기 암 수술이 끝나고 만 2년 3개월이 지났다. 수술이 성공했고 항암과 방사선까지 잘 마쳤다고 병이 치료된 것은 아니다. 암세포는 사멸시켰을지 몰라도 어머니의 몸은 만신창이가 되었다.

힘든 수술과 항암 치료, 방사선 치료까지 모두 마쳤으나 결국 방사선 치료가 독이 되었다. 방사선 치료 때문에 입안의 정상 세포들까지 죽었고 입안의 감각이 되살아나지 않아 여전히 물도 수저로 떠 드셔야 한다. 물 한 그릇 떠 드시는 데도 보통 30분. 입이 마르니 수시로 물을 떠 드셔야 한다. 미음과 물을 드시는 데 하루

3부 내 삶의 스승이신 어머니

종일이다.

주사 맞는 게 고통스러워 영양제 주사도 거부하셔서 흑염소즙이며 보약도 해드렸으나 드시면 설사를 하니 그마저도 지속할 수 없었다. 초기에는 미음에 전복 등을 갈아 넣어드렸지만 지금은 조금이라도 비린 것, 고기나 전복 같은 걸 넣어드리면 바로 게워내신다.

그저 흰밥에 채소를 넣고 끓인 미음만 드시는데, 이마저도 제대로 드실 수 없으니 영양이 부족해 나날이 쇠약해지신 것이다. 잔존해 있을지도 모르던 암세포는 죽었을지 모르지만 영양실조로 돌아가실 수도 있을 거란 두려움이 든다.

수술 후 항암, 방사선을 받지 않을 경우 암이 재발하면 암 환자 의료보험 혜택을 받을 수 없다는 위협에 속아서 방사선 치료를 받은 것을 뼈저리게 후회한다. 그 말이 병원 관계자의 '거짓말'이었다는 사실을 안 것은 나중이었다. 어머니도 찬성하셨지만 전적으로 내 잘못이다.

수술만으로도 충분했을 것이다. 마약성 진통제도 듣지 않는 고통 때문에 암 덩어리를 잘라내는 것은 꼭 필요했고 다행히 수술도 성공적이었다. 어머니도 그 극악한 고통에서 벗어났다. 그러니 설령 암세포가 남아 있다손 치더라도 고령이니 성장은 느릴 것인데 결국 나의 무지와 불안감이 어머니에게 나쁜 선택을 하시게 했던 셈이나.

암 환자의 경우 전체 비용의 5퍼센트만 내니 비용 부담은 크지 않다. 나머지 95퍼센트는 국민건강보험공단에서 부담한다. 1회 10분 방사선 치료를 받는 비용이 자부담과 보험공단 부담을 합하면 400만 원 가까이 됐다. 어머니 한 사람 30회 방사선 치료비가 무려 1억 2,000만 원(자부담 5퍼센트 제외)이나 됐다. 병원은 무조건 방사선 치료를 해야 할 이유가 있었던 것이다.

어버이날이다. 어쩌면 마지막 어버이날이 될지도 모른다. 어머니는 오늘도 여전히 미음 한 그릇 드시느라 두 시간째 중노동이다. 먹는 것이 사투다. 그 와중에도 어머니는 아들 걱정뿐이다.

"네가 걱정이다."

"제 걱정 그만하시고 어머니 걱정 좀 하세요."

"나는 살 만큼 살았는데 뭐가 걱정이냐, 네가 걱정이지. 제발 술 좀 먹지 마라."

"네 어머니. 요즈음은 잘 안 마셔요."

나는 또 뻔한 거짓말을 한다. 어머니도 속아주신다.

"참느라고 힘들어서 얼굴이 안 좋구나. 마시다 안 마시면 힘든 법이야."

사실 조금씩 줄이고는 있다. 그 표시가 났던 것일까. 술 한 방울 입에도 못 대시는 분이 그건 어찌 아셨을까. 마시다 안 마시면 참 힘든 것을.

미음을 드시던 어머니는 무슨 글자들이 빼곡히 적혀 있는 메모장들을 내미신다.

"이거 읽어보고 그대로 해라."

상자에는 메모장이 가득하다. 어머니가 텔레비전을 보며 건강에 관한 내용만 메모해두신 것이다. '무증상 술 간암 간경화 간 기능 떨어지면 담석증', '술 진통제 소염 진통제 간 손상시킨다', '단맛 나는 생고구마 모시조개 국물 간에 도움' 등 메모는 온통 아들 간 건강 걱정뿐이다.

얼마 전에 간 기능 검사를 받아봤는데 정상이라고 나왔다고 말씀드려도 어머니의 걱정은 끝이 없다. 자신은 숨 쉬는 것도 고통이고 먹는 것도 고통인데 오로지 자식 걱정뿐인 어머니. 자식은 어미에게 존재 자체가 기쁨인 동시에 고통이다. 숨 쉬고 드시는 것도 힘들어하시니 "어머니 오래오래 사세요"라고 말씀드리기조차 죄송하다. 오로지 아들 걱정 때문에 힘겹게 숨을 붙들고 계신 어머니. 존재 자체가 죄인인 아들은 오늘도 속울음만 삼킨다.

2022. 5. 8

어머니와 함께한
3년간의 동행

어머니의
노트

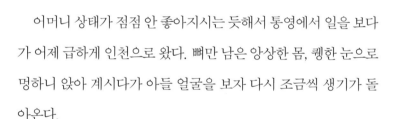

어머니 상태가 점점 안 좋아지시는 듯해서 통영에서 일을 보다
가 어제 급하게 인천으로 왔다. 뼈만 남은 앙상한 몸, 퀭한 눈으로
멍하니 앉아 계시다가 아들 얼굴을 보자 다시 조금씩 생기가 돌
아온다.

그런데도 어눌한 말씀으로 아들 걱정부터 하신다.

"힘들 텐데, 뭐 하러 왔어. 밥은 먹었냐?"

"네, 어머니."

"미세먼지가 그렇게 간에 안 좋대. 우리나라에 미세먼지 없는
곳 없냐?"

"그런 데가 어디 있어요? 제주도에도 미세먼지가 있는데."

"제주도는 더 많다더라. 미세먼지 없는 나라 없냐? 있으면 거기 가서 살아라."

"그런 나라가 어디 있어요. 조심할게요. 황사마스크도 쓰고 다닐게요."

"채소랑 과일은 꼭 물에 담갔다가 몇 번 씻어서 먹어. 그래야 미세먼지도 제거된다더라. 농약도 없어진대. 농약이 수용성이라 물에 담가놓으면 없어진다더라."

"네, 네, 어머니."

"건성으로 듣지 말고."

"아녜요 어머니. 잘 들을게요. 제 걱정 좀 그만하세요."

"걱정 안 할 수가 있냐. 네 걱정하느라 사는데."

어머니 얼굴에 근심이 가득하시다.

"내가 너 때문에 걱정돼서 죽겠다. 또 뭐가 있더라. 여기 적어놨었는데."

그토록 기억력 좋던 어머니의 기억이 가물가물해지셨다. 어제 일도 자꾸 까먹는다. 그래서 늘 노트에 기록을 하신다. 그래도 어떤 때는 나보다 기억력이 좋긴 하지만.

"숙주나물 먹어라."

"저번에 말씀하셨잖아요. 적어주신 것도 있고요. 오늘도 먹었어요."

"날마다 먹어. 숙주나물이 간에 그렇게 좋단다. 무조건 숙주나물 먹어. 숙주 사다가 물에 담갔다가 삶아 먹어. 그래야 찌꺼기가 빠져."

"네, 그럴게요. 숙주나물 날마다 먹을게요."

"소금도 먹지 말고 김치도 먹지 말고 숙주나물하고만 밥 먹어."

"네, 어머니. 저 숙주나물 좋아하잖아요. 숙주나물만 먹을게요. 저도 숙주나물 먹을 테니 어머니도 단백질 음료 꼭 챙겨 드세요."

"속에서 안 받으니 못 먹겠어. 내 걱정은 하지 말고. 네가 걱정이지. 나는 살 만큼 살았어. 꼭 숙주나물 먹어."

"무슨 말씀이세요. 더 사셔야 해요. 어머니가 사셔야 저도 살죠."

"나는 사는 게 지옥이다. 너 때문에 살고 있지. 네가 걱정돼서 못 죽는 거야."

"네, 네, 어머니."

숨 쉬기도 버겁고 하루 종일 앉아 하시는 일이라고는 수저로 물을 떠 드시고 몇 시간씩 미음만 드시는 게 전부시니 어찌 아니 겠는가. 사는 게 지옥이란 말씀. 곁에서 보니 짐작은 하지만 내가 지옥을 안 살아봤으니 어찌 그 고통을 다 안다고 할 수 있을까.

자식을 위해서 지옥을 견디며 살아내는 어머니. 속울음을 삼키느라 힘들었다. 자식 위해서라면 지옥 같은 삶도 감내하며 살 아내는 어머니가 어디 내 어머니뿐일까. 어머니들은 대체 어떤 천형을 타고나서 어머니가 되신 것일까?

2022. 6. 7

응급실

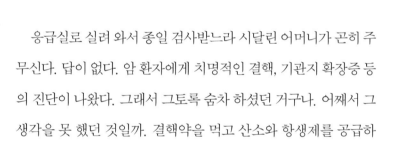

응급실로 실려 와서 종일 검사받느라 시달린 어머니가 곤히 주무신다. 답이 없다. 암 환자에게 치명적인 결핵, 기관지 확장증 등의 진단이 나왔다. 그래서 그토록 숨차 하셨던 거구나. 어째서 그 생각을 못 했던 것일까. 결핵약을 먹고 산소와 항생제를 공급하는 것이 치료법이란다. 하지만 언제 치료가 끝날지 알 수 없고 치료가 될지도 미지수였다.

의사는 결국 산소호흡기에 기댄 연명 치료로 갈 것이라는 암시를 준다. 예상된 길이다. 지금은 그저 임시 처방일 뿐. 병원에 계시면 잠깐 숨 쉬는 것은 편안해질 수 있겠지만 이 상태로 일주일만 링거 달고 누워 있으면 결국 걷지도 못하게 되실 것이다.

그다음 순서는 산소호흡기에 기댄 연명이다. 그 실이 뻔히 보이는데 병원에 계시게 하는 게 맞는 일일까? 병실에 누워 계시다가 이생을 떠나보내는 것이 옳은 일일까? 그렇다고 선뜻 병원을 나서기도 어렵다. 고민이 깊어지는 밤이다.

다행히 어머니가 급한 고비는 넘기셨다. 고심 끝에 집으로 모시고 왔다. 연명 치료를 거부하는 것으로 결정했다. 어머니도 끝없이 피를 뽑아대고 촬영을 하고 검사를 하는 등 온갖 시달림에 지쳐 그만 집으로 돌아가자 하셨다.

치료될 수 없다는 것을 자인하면서도 병원에서는 입원 치료를 강권하다시피 했다. 치료될 수 없는데 입원이 무슨 의미가 있겠는가. 그냥 병원 침대에서 돌아가시는 길로 들어서란 소리가 아닌가. 나의 판단도 있었지만 어머니도 연명 치료는 안 하시겠다고 진즉부터 말씀하셨으니 어머니의 뜻을 따르기로 한 것이다.

집에 산소발생기를 들이고 산소줄을 달아 모시고 있다. 한 치 앞을 알 수 없는 것이 사람의 일이다. 숨쉬기는 조금 편안해지셨다. 얼마나 더 오래 견뎌주실지 장담할 수 없다. 구강암 발견부터 수술과 항암, 방사선 치료 등으로 고통스럽게 견디어오신 세월이 3년이다. 남은 소풍 길은 덜 고통스럽기만을 바랄 뿐, 더 바랄 것이 없다.

어제 광주의 막내 이모가 전화기 속에서 한참을 우셨다. 교사

생활을 하다 정년퇴임한 이모는 '초등학교 2학년 다니다 말고 그 때부터 고사리손으로 김 양식장에서 일했던 어머니'를 가장 크게 의지한 언니였다고 고백했다. "형제들 중에 가장 정직하고 정갈한 분이 언니였는데 가장 모질고 힘든 삶을 산 것이 또 언니"라며 울음을 그치지 않으셨다.

어머니의 삶을 모질고 힘들게 만들었던 원인 중의 하나였던 아들도 하염없이 울었다. 자신의 어머니 한 분도 못 구하면서 세상을 구해보겠다고 치기 어린 삶을 살았던 아들은 한없이 부끄럽고 죄송해 고개를 들 수가 없다. 무얼 해드리고 싶어도 어머니는 받으실 수가 없으니 그저 옆에서 손을 잡고 울먹울먹 사랑한다는 말만 되뇌일 뿐이다.

2022. 6. 9

어머니와
바다

한자어 바다[海]에는 어머니[母]가 들어 있고 프랑스어 어머니 mère에는 바다mer가 들어 있다. 우연일 리가 없다. 필연이다. 바다는 어머니고 어머니는 곧 바다다.

우리는 모두 바다로부터 왔다. 그 기원의 내력이 언어에 증거로 남아 있는 것이다. 바다처럼 모든 것을 다 받아주는 어머니. 어머니처럼 모든 것을 다 받아주는 바다. 바다와 어머니는 하나다. 어원을 따지자는 것이 아니다. 은유다.

떠나온 지 얼마 되지 않았는데 벌써 또 통영 바다가 그립다. 매일 아침 눈 뜨면 방 안에서 통영 바다를 보고 살았다. 어찌 그립지 않겠는가. 하지만 떠나왔어도 나는 바다를 떠난 것이 아니다. 어머니 곁에 있으니 나는 여전히 바다 곁에 있는 것이다.

2022. 6. 11

나, 요양원 안 갈래
너랑 살래

　힘들어 죽겠다고, 빨리 죽고 싶다고 틈만 나면 말씀하시는 어머니. 숨 쉬는 것도 힘들고 미음 한 수저, 물 한 모금 삼키는 것도 고통스러우니 어찌 아닐까.

　집에 있기 싫다고 날마다 요양원 보내달라고 떼를 쓰시던 어머니. 어제는 어머니의 대변을 치우고 나서 "왜 요양원에 가고 싶으세요?" 여쭈어봤더니 "자식 고생시키는 거 싫어서 그래"라고 하신다. 그게 속마음이다. 요양원 가고 싶은 것이 아니라 자식 고생시키고 싶지 않으신 거.

　앙상한 어머니의 손을 붙잡고 매달렸다.

　"괜찮아요, 어머니. 전혀 고생스럽지 않아요. 그러니 제발 요양원 가겠다는 말씀은 하지 마세요."

그래도 어머니는 가쁜 숨을 몰아쉬며 보내달라 고집을 부리셨다.

끝내 어머니를 끌어안고 엉엉 울고 말았다. 어머니 앞에서 눈물을 안 보이려고 많이 참았는데 그냥 쏟아지는 눈물을 주체하지 못했다. 그리고 오늘 아침, 어머니가 말씀하셨다.

"나 요양원 포기했다. 너랑 살래."

다행이다. 참 다행이다. 언제 또 맘이 바뀌실지 모르지만 자식이랑 살아주시겠다니 너무 고맙다. 아, 역시 눈물은 힘이 세다. 어제 참지 않고 울음을 터뜨렸던 것이 잘한 일인 듯하다. 어머니도 아들의 마음을 느끼셨던 것이다. 아들이 어머니를 얼마나 사랑하는지를……

언젠가는 요양원이나 호스피스에 보내드려야 할 날이 올 수도 있겠지만 아직은 아니다. 의식이 있으신데 어찌 보내드린단 말인가. 다른 일을 다 포기하더라도 어머니 곁에 있어야겠다. 어머니나 나나 이번 생이 처음이자 마지막 아닌가. 한 번 이별하면 영이별인데. 나를 낳고 길러주신 어머니와 생의 마지막을 함께하는 것보다 더 중요한 일이 또 어디 있겠는가.

2022. 6. 15

어머니를
속이다

파인애플을 자르고 있는 아들을 어머니가 안쓰럽게 바라본다.

"왜요? 엄니."

"나 때문에 네가 너무 고생하니까 그러지. 네 눈물 바람에 넘어가버려갖고. 나 같은 거 에미라고 네가 고생 많이 한다."

"무슨 말씀이세요, 엄니. 이게 무슨 고생이라고. 세상에 울 엄니 같은 사람이 또 어디 있다고요. 엄니 덕에 내가 살았는데. 엄니가 자식들 때문에 고생한 거에 비하면 아무것도 아니죠."

아들이 울면서 매달리는 바람에 요양원 가실 생각을 접으셨다는 어머니. 어느 때는 어른 같다가 어느 때는 애기가 되어버리는 어머니. 이제는 또 어른 모드다. 조금 전까지 애기였는데. 집 앞에 과일가게에서 골드 파인애플을 사 왔다. 파인애플이 암 환자에게 좋은 것을 알면서도 과일 드시는 것을 죽어라 싫어하시니 몇 차례 사다 갈아드린 뒤 한동안 먹어드리지 못했다.

싫다는 것은 되도록 안 해드리고 원하는 대로 해드렸더니 서서히 기력이 쇠해지신 것 같다. 억지로라도 먹게 해드려야 다시 기력을 회복하실 테니 그냥 싫다 해도 이제는 먹이기로 했다. 환자 원하는 대로만 해서는 절대 안 되는 것이 암 치료임을 알았다. 그래도 설득은 쉽지 않다.

"엄니, 파인애플 갈아드릴 테니 드셔요."

"싫어."

어머니는 고개를 가로저으며 강한 거부 표시를 하신다.

"왜 싫어요?"

"그냥 싫어."

"그래도 드셔야 해."

"싫다고 했잖아."

"그럼 갈아서 나도 먹고 엄니도 먹자."

한참을 묵묵부답이던 어머니.

"그래. 너도 먹어라."

결국 승낙하신다.

좀 전까지 아이였던 어머니가 아들도 먹겠다니 다시 어머니가 되셨다. 싫다던 파인애플 즙을 어머니는 잘도 드신다. 한 컵밖에 안 되는 파인애플 즙을 30분이나 걸려서 드시고 나니 바로 점심. 미음 3분의 1그릇 드시는 데 또 한 시간 반. 먹는 일로 하루가 간다. 두 시간 정도 낮잠을 주무시고 일어나시니 이제는 요구르트 드실 시간.

수술 직후부터 2년 넘게 영양 보충을 위해 옥타미녹스나 글루타데이 등 분말로 된 영양 보조 식품을 드셨는데, 그 효과를 톡톡히 봤다. 하지만 어느 순간부터 그 맛이 싫으셨는지 거부하고 안 드시려고 한다. 그래서 영양 보충제를 끊었더니 확연히 기력이 나빠지셨다. 어쩔 수 없이 다시 미음이나 요구르트 등에 몰래 타서 드시게 했다. 당연히 기력 회복에 도움이 됐다.

그런데 어제는 부주의로 글루타데이를 요구르트에 타다가 어머니에게 딱 들켰다. 안 넣었다고 발뺌을 할까 하다가 설득을 시작했다. 꼭 드셔야 한다고. 그래도 도저히 설득 불가. 요구르트를 그대로 물렸다. 그래도 안 드시면 또 기력을 잃게 될 테니 다른 방법을 고민하다가 찾았다.

검은콩을 삶아서 냉동해두었다가 꺼내 우유랑 갈았다. 거기에 다시 슬쩍 글루타데이랑 옥타미녹스 한 봉지씩 투하. 섞어서 드리니 아주 잘 드셨다. 드실 수 있으시면서도 안 드시겠다고 떼를 쓰셨던 거다. 아무튼 예전처럼 그냥 몰래 넣어드리기로 했다.

설득으로 될 수 있는 몸 상태가 아니시기에 그렇게라도 해야지 싶다.

자식 안 낳아본 사람은 부모 마음을 모른다고 한다. 어찌 그 속을 다 알 수 있겠는가? 하지만 3년 가까이 말기 암 환자 노모 병수발을 들다 보니 부모 마음을 조금이나마 알 듯도 하다. 미음을 끓여 떠먹이고, 똥오줌 받아내고, 음식 안 먹겠다고 투정부리면 아이처럼 달래서 먹이고, 파인애플 갈아서 거른 뒤 맑은 물은 어머니 드리고 남은 찌꺼기는 내가 먹고, 이게 부모 마음이지 싶다.

한동안 24시간 간호를 하고 영양 보충제를 몰래 드시게 했더니 이제는 느리지만 직접 물도 수저로 떠 드시고 미음도 떠 드신다. 조금만 부축하면 몇 발짝 걷기도 하신다. 기력이 약간 회복된 듯하다. 요양원 보내달란 이야기도 안 하신다. 하지만 파인애플이든 콩 물이든, 여전히 삼키기 어려워 절반은 흘려버린다. 그래도 절반이라도 드시니 얼마나 다행인가. 이런 게 부모 마음일까? 어머니는 아이가 되시고 나는 어느새 부모가 되었다.

2022. 6. 20

어서
장례식장 가자

"어서 인천의료원 장례식장 가자. 입관시켜서 화장해줘라."

"무슨 말씀이세요, 어머니. 살아 계신데 어떻게 장례를 치러요."

"안 살아 있다니까."

"살아 계시잖아요. 이렇게."

"오른발도 없잖아. 왼발도 없잖아."

"발도 멀쩡하게 잘 있어요, 어머니. 멀쩡히 잘 살아 계시잖아요. 그런데 어떻게 화장을 해요."

"아냐, 죽었다니까. 그냥 아무 소리 말고 가자. 거기 가보면 알아."

주무시고 일어나면 정신이 좀 돌아오시나 했는데 어머니가 아침부터 장례식장 가자고 다시 성화다. 이미 죽은 몸인데 왜 입관 안 해주냐고, 화장해달라고 또 고집을 부리신다.

"나는 바다는 싫으니까 육지에 뿌려줘. 인천의료원에서 아무튼 입관식을 하고 바로 화장터로 가자고 해. 땅에다 뿌리라고 해. 난 물이 싫어."

"왜 물이 싫으세요. 섬에서 나셨으면서."

"그냥 싫어."

초등학교 2학년을 다니다 말고 시집가기 전까지 그 긴 세월을 새벽부터 바다에 나가 김 양식장 일을 하셨으니 바다가 얼마나 지긋지긋하실까. 어머니는 그 기억마저 잊어버리고 그냥 바다가, 물이 싫다고 하신다. 하지만 무의식 속에는 고생했던 바다에 대한 안 좋은 기억이 내재되어 있으셨나 보다.

몸은 아직 움직일 수 있는데 어머니의 정신은 이미 이승과 저승의 문턱을 오가고 있는 듯하다. 저승에 있을 때는 죽었으니 화장해달라고 성화를 부리다가 이승으로 넘어오면 창고 정리해라, 냉장고 다 비워라, 지시하면서 신변을 정리하려 든다. 광주의 막내 이모에게 전화를 해달라 하시더니 미안하고 고맙다는 말씀만 되풀이하시면서 울먹울먹 하신다.

어렵게 설득해서 미음을 좀 드시게 했다. 드셔야 장례식장도,

화장터도 갈 수 있다고 하니 조금 드신다. 마침 중국 심양에 사시는 왕백 田 선생님께서 백두산 산삼(산양삼)을 열 뿌리나 보내주셨다. 일면식도 없는 페이스북 친구신데 어머니 병구완하라고 선뜻 그 귀한 백두산 산삼을 보내주셨으니 너무도 감사하다. 다섯 뿌리를 단백질 음료에 넣고 갈아서 조금 따라 드시게 했는데, 어머니가 거부하신다.

전복도 싫다, 단백질 음료도 싫다, 산삼도 싫다 하며 좋은 것은 다 거부하신다. 어쩔 수 없이 그나마 잘 드시는 요구르트에 나머지 다섯 뿌리를 넣고 다시 갈았다. 이제는 요구르트도 싫다 하신다. 그럼 나도 먹을 테니 같이 드시자 했더니 그제서야 고개를 끄덕이신다. 나는 먹는 시늉만 하고 산삼 넣은 요구르트를 떠서 드리니 반 그릇을 비워내셨다.

왕 선생님 말씀으로는 이 산삼을 드시고 죽어가던 이들이 여럿 살아나셨다니 어머니에게도 효과가 있기를 기대해본다. 왕 선생님 너무도 고맙습니다. 어머니가 아프시면서부터 지금까지 페이스북으로 인연을 맺은 많은 친구들이 음으로 양으로 어머니 간병에 도움을 주신다.

호주의 엘리너 킴Elanor Kim 간호사 선생님께서도 침샘세포가 죽어 음식 섭취가 어려운 어머니에게 바이오텐 마우스 스프레이를 소개해줘서 아주 큰 치료 효과를 보고 있다. 온라인상의 인연

4부 어머니와 함께한 3년간의 동행

이 오프라인의 생명을 살리는 데 도움을 주니 온라인이 곧 인드라망인 듯하다. 우주 만물은 모두 그물코처럼 서로 연결되어 도움을 주기도 하고 받기도 하며 살아가도록 운명지어졌나 보다. 어머니의 병환 때문에 슬픈 날이면서 동시에 세상의 인연 덕에 감사한 날이기도 하다.

어머니는 다시 잠이 드셨다. 어머니는 지금 이승에 계실까 저승에 계실까? 저승에 다녀오시면 또 무슨 이야기를 들려주실까? 주무시는 동안만은 고통이 없으시길 소망할 뿐이다.

2022. 6. 26

인천의료원
가봐라

　가정간호 서비스를 통해 영양주사를 맞고 나자 어머니의 섬망 상태가 조금 호전되었다. 그래도 여전히 오락가락하신다. 구강암 수술과 방사선 치료 후유증으로 입안의 침샘세포가 죽어 여전히 음식을 드시기가 어려우니 영양 상태는 심각할 정도로 나쁘다. 이제는 몸무게가 34킬로그램밖에 안 되시니 암 환자들은 결국 암세포 때문이 아니라 영양실조로 죽다는 이야기가 실감이 된다.

　그래서 온몸은 앙상한 뼈만 남았는데 어머니의 두 발등만은 퉁퉁 부었다. 의사에게 물어보니 영양 불균형 탓이란다. 전에도 가끔 그랬다. 그때마다 다리를 높이 올려놔 드리면 붓기가 가라앉곤 했는데 이번에는 잘 빠지지 않는다. 어머니는 부어 있는 두 발이 불쌍하신듯 발에게 "미안해" 하며 말씀하신다.

"뼈만 남았는데 제 다리를 자꾸 쓴다고 발이 화가 나서 뚱뚱 부서(부어)버렸어. 다리가 죽었는데 자꾸 쓴다고."

"다리기 죽긴 왜 죽어요. 멀쩡하게 살아 있는데."

"아냐, 다리 죽었어."

화가 나면 볼이 부풀듯이 발도 화가 나서 퉁퉁 부어 있다고 생각하시는 어머니. 아이가 되신 어머니는 천생 시인이다.

"나는 무슨 망상병에 걸렸나 보다. 인천의료원 가봐라. 거기 누가 있는 거 같아. 아이들이 거기 죽어 있어."

망상병에 걸린 것을 자각하시면서도 아주 빠져나오지는 못하시는 어머니. 그 와중에 실신해 응급실까지 다녀오셨다. 결핵약을 6개월이나 드셔야 하는데 알약은 전혀 삼킬 수 없고 그래서 가루약을 지었다. 그 가루약이라도 물에 타 드시게 해야 하는데 극구 거부하셨다. 그럼 결국 콧줄을 통해 넣어드려야 하는데 그 고통을 겪게 해드리고 싶지 않아서 고민하다 방법을 찾아냈다. 어머니의 미음에다 섞어서 드시게 했다. 2주 동안 약을 잘 드셨고 활성 결핵은 일단 치료가 됐다. 물론 재발 방지를 위해 6개월을 더 드셔야 한다.

어제는 방문 간호사 선생님을 불러 영양제를 놓아드리면서 그 이야기를 했더니 "아드님이 좋은 방법을 찾아내서 치료됐으니 다행이네요" 하며 어머니에게 아들 공치사를 했다. 어머니는 아무 대답도 하지 않으셨다. 그런데 간호사 선생님이 가시자 누워 계시던 어머니가 입을 연다.

"의사 선생이 자기도 생각하지 못했는데 네가 방법을 찾아냈다고 했어. 내가 똑똑히 들었어."

어머니는 간호사 선생님을 의사 선생님으로 착각하고 계셨다. 그리고 말씀을 이어간다. "네가 머리는 똑똑한데 엉뚱한 데 써서" 하시며 혀를 찬다. 그래도 다른 사람이 아들 칭찬해주는 것이 듣기 좋으셨나 보다.

"제가 머릴 어디 엉뚱한 데 썼는데요, 어머니."

"시 쓰고 그랬잖아."

내가 시를 안 쓴 지 오래인 것을 어머니는 모르신다. 수십 년의 기억을 건너뛰신 어머니. 민주화 운동을 하다가 감옥에 갔던 일을 말씀하시나 싶었는데 그 기억은 잊으셨나 보다. 다행이다. 그 기억까지 떠올리셨다면 어머니는 더 고통스러우셨을 텐데.

어머니는 내가 밥벌이도 안 되는 시나 쓰고 그랬던 것이 못마땅하셨나 보다. 그리 생각하고 있는데 갑자기 어머니가 말씀을 이어가신다.

"시도 감성이 풍부해야 쓰지. 메마른 사람은 쓰지 못하는 거야."

아! 한편으로는 못마땅하시면서도 어머니는 어떻게든 아들을 좋게 봐주고 이해해주려 하셨던 거다. 어머니들은 언제나 자식들의 절대적 우군이다. 어머니는 갑자기 또 무언가 떠오르셨는지 볼펜이랑 종이를 가져오라고 하셨다.

"채(췌)장암, 대장, 패(폐)암, 간암, 당노(뇨), 심근경새(색), 고혈압"이란 글자를 또박또박 써서 건네며 말씀하신다.

"무조건 가서 검사해봐. 내가 너 때문에 걱정돼서 죽겠어."

"다 괜찮아요, 어머니. 봄에 검사받아봤어요."

"아냐, 그래도 무조건 다시 받아봐."

"멀쩡하다니까요, 어머니."

"잔말 말고 받아봐. 검사해서 아무 병 없으면 좋은 거지."

"네, 네, 어머니."

생사의 기로에 서서도 여전히 자식 걱정뿐인 어머니. 아들은 쏟아지는 눈물을 감추며 오늘도 속울음을 꾹꾹 삼킨다.

2022. 6. 29

2년만
더 살게

　이미 죽었는데 어째서 화장터 안 보내주냐고 떼쓰시던 어머니
가 잠깐 정신이 돌아오시자 2년만 더 살겠다고 하신다. 금방 또
잊어버리시겠지만 무의식중에 삶에 대한 의지를 드러내신 듯해
다행이지 싶다. 섬학교 답사 일정 때문에 이틀 동안 어머니 곁을
떠났다가 돌아오니 어머니가 왜 나갔다 오느냐고 타박이시다. 이
제는 절대 집 밖으로 나가지 말라신다. 방문 요양을 신청해놨는
데 그것도 싫다고 하신다.

　어머니는 여전히 기력도 없고, 정신도 오락가락한다. 잠깐 좋
아진 듯하다가 금방 또 나빠진다. 그래도 정신이 또렷할 때는 너
무도 멀쩡하시니 어머니를 요양원에 보낼 자신이 없다. 기력이

조금 돌아오니 이제는 어머니도 요양원 보내달란 소릴 안 하신다. 산소발생기에 콧줄을 달고 계시지만 집에 있는 것이 마음은 편하신 까닭일 테다.

장례식장 보내달라, 병원 보내달라, 요양원 보내달라고 노래한 것은 자식 고생시키지 않으려 그러신 것이었다. 그런데 이제는 자식이 고생스럽더라도 함께 있고 싶어 하신다. 이것이 내 어머니뿐일까? 병든 세상의 모든 어머니들의 본심이 아닐까?

어머니가 급격히 악화되면서 나도 일을 최소한으로 줄였다. 하지만 이미 약속된 일정도 있고 생계와 어머니 간병을 위해서도 일을 아주 손에서 놓을 수는 없다. 그래서 일 때문에 가끔씩 자리를 비울 때를 대비해 방문 요양 신청을 한 것이다. 방문 요양사가 낮에 몇 시간씩 와주기로 했다. 그래도 급한 일이 아니면 늘 어머니 곁에 있을 예정이다. 그래야 어머니가 안심이 되시는 듯해서다.

그런데도 어머니는 나를 전혀 집 밖으로 나가지 못하게 하신다. 무조건 곁에만 붙어 있으라 하신다. 내가 나가면 방문 요양사가 와도 쫓아버리시겠다고 협박하신다.

"어머니, 왜 못 나가게 해요. 일하고 돈을 벌어야 먹고살죠."

"그래도 나가지 마. 일도 하지 마."

"왜 못 나가게 하는지 이유를 알려주세요, 어머니."

"네가 나 살라고 해서 살고 있으니 꼼짝 말고 옆에 있어."

어머니는 고집을 꺾지 않으신다.

"일 안 하면 못 먹고 살 텐데 그럼 어찌 살라고요?"

"내 노인 연금 있잖아. 한 달에 30만 원씩 나오잖아."

"그걸로 어떻게 살아요?"

"살 수 있어. 가만있자. 한 달에 30만 원이면 1년에 얼마더라. 250만 원."

"아니죠. 360만 원이잖아요."

"아냐, 250만 원이야."

"네, 네, 어머니 말이 맞아요."

"그럼 2년만 더 살란다. 2년 동안 아무 일도 하지 마. 그걸로 먹고살 수 있어."

"네, 네, 그럴게요. 그런데 한 10년은 더 사셔야죠."

"아냐, 2년이면 충분해."

"그래요. 어머니, 우선 2년이라도 더 살아요. 나중 살 것은 나중에 생각하고요."

어머니는 어떻게든 자식에게 미안해하지 않고 자존감을 지키며 살아야 할 이유를 찾으셨나 보다. 며칠 전까지 스스로 이미 죽었는데 장례를 안 치러준다고 떼쓰시던 어머니. 얼마나 버텨주실지는 모르지만 다시 살겠다는 의지를 보이시니 고마울 따름이다.

멀쩡하게 말씀하시다가도 갑자기 억지를 부리고 떼를 쓰며 어리광을 부리시는 어머니는 이미 아이가 되었다. 노인을 모시는 것을 양로養老라 하는 이유를 이제야 알겠다. 육아育兒의 육育이나 양로養老의 양養이나 같은 뜻이다. 기를 육育, 기를 양養.

내가 어려서는 어머니가 나를 기르시더니 이제는 내가 어머니를 기른다. 어머니가 싼 대소변을 치우고, 또 어머니에게 부드러운 요구르트를 떠먹여 드리고 흘린 것은 닦아드리며 오늘도 어머니를 기른다. 아들이 어머니를 기른다. 3년째니 이제 세 살인가? 어른이 됐다가 아이가 됐다가 떼쓰다가 훈계하시다가 오락가락 좌충우돌! 아, 육아가 전쟁이라더니 양로 또한 전쟁이로구나.

2022. 7. 7

사는게
지겹다

내가 이사로 있는 국립한국섬진흥원 임시 이사회 때문에 잠시 목포에 갔다가 인천 집으로 들어서니 어머니가 짜증을 내신다.

"왜 나갔어. 나가지 말라니까. 그 사람이 없어졌잖아. 밥도 못 먹었을 텐데."

"누가요, 어머니?"

"그 사람 있잖아. 우리 집서 점심하고 저녁만 먹는 사람."

"그런 사람이 어디 있어요?"

"있어. 네가 잠 자려고 누워봐. 그럼 알아."

"무슨 말씀이세요, 어머니?"

"네가 없으니까 그 사람도 없어졌어. 너 때문에 점심이랑 저녁도 못 먹었을 거야."

"그 사람이 제가 없으면 안 보여요?"

"그래. 네가 없으면 그 사람도 가버려. 불쌍하잖아. 점심이랑 저녁도 못 먹고. 그러니까 어디 가지 마."

"네, 네, 알았어요. 어디 안 갈게요."

한동안 나아지신 듯하더니 다시 또 섬망 증세가 왔나 보다. 점심과 저녁을 먹는 사람은 나인 듯하다. 아마도 어머니는 나와 또다른 나를 보고 계신 것일까? 내가 어머니 옆에 있을 때는 그런 말씀을 안 하시더니 나갔다 오니 그런 말씀을 하신다. 아마도 내가 밖에 나가지 못하게 할 핑계를 찾다가 '점심과 저녁만 먹는 사람'을 만들어내신 것일 수도 있겠다.

그 사람 밥 굶기지 말라는 핑계로 나를 늘 곁에 붙들어놓으시려는 듯하다. 자신 때문에 고생한다고 생각하니 미안해서 어머니 자신을 위해서는 있어 달라 못하시고 점심과 저녁 먹는 사람 때문에 있어 달라고 하시는 거다. 내가 없으면 불안하신 모양이다.

어머니는 오늘 유독 기력이 없어 보인다.

"어머니, 오늘은 왜 이렇게 기운이 없어요? 많이 아파요?"

"아니. 사는 게 지겨워. 그만 좀 살고 가면 좋겠는데."

"무슨 소리세요? 저랑 사는 게 지겨워요?"

"아니. 내 인생이 지겹다고. 목숨이 너무 질기다고."

"또 살기 싫어지셨어요?"

"너 고생 그만 좀 시켰으면 좋겠는데."

"고생은 무슨 고생이요. 2년은 더 사신다고 했잖아요? 2년만 더 살아요, 어머니."

어머니는 고개를 끄덕이신다.

어머니는 살기 싫으신 게 아니라 자식 고생시키는 것이 미안하시다. 대체 어머니는 뭐가 그토록 미안하신 걸까? 평생 못난 자식들 위해 희생만 하시고 이제는 말기 암으로 사경을 헤매면서도 뭐가 자꾸 미안하신 걸까? 아들은 어머니 고생시킨 생각을 하면 피눈물이 나는데. 한없이 선하고 인자하신 어머니. 평생 그 누구한테도 피해를 주고 사신 적 없던 어머니. 풀 한 포기도 남의 것은 손대지 말라고 가르치셨던 어머니.

"울 엄니 기운 좀 내서" 하며 안아드리자 싫지 않으신 듯 어머니 눈가에 엷은 미소가 번진다. 어린아이가 된 어머니. 이제 어머니는 음식이 아니라 자식의 사랑으로 살아가신다. 어린 내가 어머니의 사랑으로 살았듯이.

2022. 7. 16

어머니가
나를 살렸다

오랜 세월 1년에 365일, 술을 마시고 살았다. 그래도 잘 견뎠다. 검사를 받아보면 간 수치도 위장도 거짓말처럼 멀쩡했다. 그런데 단 하나, 재작년부터 당 수치가 좀 높게 나왔다. 당화혈색소가 6.5 이상이면 당뇨로 진입하는데 6.3까지 나왔다. 의사는 당뇨 전 단계라고 경고했다. 의사는 술을 끊으라고, 못 끊겠으면 많이 줄이라 했지만 듣지 않았다.

내 유일한 사치가 술인데 끊을 생각이 없었다. 당뇨로 진행될까 걱정이긴 했지만 마음뿐이었다. 수술 전후 서너 달 밀착 간호했고 나머지 2년 남짓은 동생과 함께 사는 어머니가 움직일 만해서 나도 상대적으로 자유롭게 일을 보러 다닐 수 있었다. 그때도 어머니는 술 좀 그만 마시라고 잔소리를 하셨지만 안 마신다고 뻔한 거짓말로 어머니를 안심시켜드렸다. 그렇다고 어머니가 눈치를 못 채셨을까?

그러다 근래 들어 어머니의 병세가 급격히 악화돼 다시 24시간 밀착 간호를 하게 되면서부터는 술을 마실 시간도 없고, 마시면 어머니가 걱정하시는 게 두려워 술을 거의 입에 대지 않았다. 잘해야 1주일에 한 번으로 대폭 줄였다. 그리고 오늘 병원에 가서 검사를 받아봤다. 당화혈색소가 5.9가 나왔다. 절주 모드에 들어간 지 한 달 남짓에 불과한데 크게 호전된 것이다. 약을 먹은 것도 아닌데 놀라운 효과였다.

당화혈색소 5.8 이하가 돼야 정상이니 아직은 전 단계지만 거의 정상 수치에 가깝다. 놀랍게도 내 병의 치료사는 의사가 아니라 어머니셨던 거다. 어머니를 간병하는데 치료는 내가 되고 있다. 생명을 주신 어머니가 결국 또 나를 살리고 계신다. 당신은 죽음 근처로 가면서 아들은 삶 쪽으로 밀어주고 계신다. 내가 어머니를 간병하는 게 아니라 어머니가 나를 치료하고 계신 것이다. 어머니라는 기적. 오늘도 어머니의 똥오줌을 받아내면서도 감사하고 또 감사하다.

2022. 7. 20

너는 환잔데
나는 환자 아니야

오늘도 어머니가 아들을 크게 놀래키신다. 생고구마를 꼭 사오란 어머니 말씀을 듣고 거북시장에서 고구마를 사 왔다. 고구마를 사다 물에 깨끗이 씻었더니 어머니는 고구마랑 칼을 가져오라신다.

"왜요, 어머니?"

"잔말 말고 시키는 대로만 해."

"네, 어머니."

어머니는 과도로 고구마 껍질을 벗겨내신다. 숨 쉬시기 어려워 산소줄을 달고 계시는 어머니. 어제는 그만 살고 싶다고 어서 좀 보내달라고, 인천의료원 장례식장으로 보내달라고 떼쓰시던 어머니. 화장실 갈 힘도 없어서 방 안에서 똥오줌을 받아내게 하시는 어머니.

그런 어머니가 오늘은 또 갑자기 벌떡 일어나 칼을 잡고 고구마를 깎는다. 그래서 더 두렵다. 마지막 에너지까지 다 끌어올려 쓰시는 듯해서다. 어머니는 오로지 생고구마가 건강에 좋다 하니 아들에게 먹이려고 깎으셨다.

"그렇게 정신이 없어서 어떻게 사냐. 생고구마 먹으라고 몇 번을 얘기했는데 잊어먹고."

어머니 말씀을 잊은 게 아니라 고구마가 먹기 싫어서 어머니 말씀을 안 들은 건데 어머니는 내가 기억력이 나빠서 잊어버린 줄 아신다.

"그만하세요, 어머니. 이걸로 충분해요. 너무 힘쓰시면 안 돼요."

"아이 참. 너는 환잔데 나는 환자 아니야. 너보다는 환자 아니야."

깎아놓은 것으로 충분하니 이제 그만하시라는 말에 어머니는 짜증을 내시며 오히려 아들을 환자 취급하신다. 당신보다 아들이 더 환자라고 진짜 믿으시는 눈치다. 하긴 어머니 눈에 자식은 평생 돌봐줘야 할 환자다.

"나머지는 제가 할게요."

"말 시키지 마, 나 목말라."

방사선 치료로 침샘세포까지 다 죽어버려 침이 나오지 않으니

.

어머니는 입안이 늘 바짝바짝 탄다. 그런데도 물 한 모금 편히 마실 수 없다. 그저 아주 조금씩 수저로 떠 드실 수 있을 뿐이다. 그래서 말을 하면 입이 마르니 말도 시키지 말라고 하신다.

수저로 힘겹게 물 몇 모금을 떠 드시고 어머니는 다시 고구마 껍질을 벗긴다. 나도 어머니를 더 말릴 수가 없다. 어머니는 기어이 자잘한 고구마 열세 개의 껍질을 다 벗기셨다. 그런데 그게 끝이 아니다.

"울 엄니 대단하시네. 그걸 다 벗기셨어요? 이제 제가 치울게요."

"놔둬."

어머니는 인상을 쓰며 손을 가로젓고는 이내 깎은 고구마를 잘게 자르기 시작한다. 아들이 갈아 먹기 쉽게 잘라주시려는 것이다. 나도 더는 못 말리겠다. 어머니는 한 번에 하나씩 갈아서 마시라고 곱게 깎아서 자른 고구마들을 봉지에 싸주시기까지 한다.

죽음의 문턱을 넘나들고 섬망 증세에 시달리고 산소줄 없이는 숨도 제대로 못 쉬시는 어머니가 대체 어떻게 저런 초인적인 힘을 발휘하시는 걸까? 자식 걱정 때문일 것이다. 아직 살아 계신 이유도, 살아야 할 이유도 오직 자식 걱정 때문이신 어머니.

어제는 자신이 입던 옷들을 전부 내다 버리고 냉장고도 다 비우라 하시더니 오늘은 두고 먹을 고구마를 손질해주며 보관하라 하신다. 힘을 내시는데 더 걱정스러운 마음은 무얼까? 차마 입으로는 꺼내기 어려운 걱정. 어머니가 깎아주신 고구마를 갈아 마시며 아들은 오늘도 목이 메인다.

2022. 7. 25

절대
나가지 마라

잠깐 집 근처 시장에 장을 보러 나갔다 들어오니 어머니가 또 불안하셨던 모양이다.

"절대로 나가지 마라. 집에서 한 발짝도 나가지 마라."

"왜 또 그러세요, 어머니."

"나가지 말라면 나가지 마. 꼼짝도 하지 마."

다시 또 상태가 안 좋아지신 거다. 몸의 에너지가 떨어지면 어머니는 금세 다른 사람이 된다. 판단력도 자제력도 없어지니 막무가내다. 어쩔 수 없는 현상이다.

"너 나가면 계단에 넘어져서 뇌진탕으로 죽어버릴 거야."

"이제 협박까지 하시네. 울 엄니. 부축 안 해주면 걷지도 못하시면서. 엄니는 힘이 없어서 뒤로 넘어지지도 못해 뇌진탕 안 걸려요."

"아냐. 뇌진탕 걸려."

"꿈도 꾸지 마시라니까. 그냥 넘어져서 팔다리 부러지면 죽지도 못하고 깁스 하고 병원에 누워 고생만 더 하신다니까."

"아냐, 아무리 힘이 없어도 뇌진탕에 쓰러져."

몸 안의 에너지가 떨어져서 그런 것이라는 생각에 서둘러 미음을 드렸다. 미음 반 그릇 드시는 데 한 시간 반, 잠시 쉬셨다 단백질 음료를 드시는 데 또 30분이 걸렸다. 다 드신 뒤 가만히 텔레비전을 보시던 어머니가 갑자기 말을 걸어온다.

"나 2년 더 있어도 돼?"

"그럼요, 엄니. 꼭 2년은 더 사셔야 해요."

"그래도 되지?"

어머니는 한 번 더 물어보신다.

"그럼요. 꼭 더 사셔야 해요."

"그럼 나 뇌진탕으로 안 갈게. 협박 안 할게."

"네, 네. 앞으론 절대 돌아가시겠다고 말씀하시면 안 돼요."

"그럴게."

아까는 내가 협박하지 마시라 했더니 협박 아니라 하시더니. 협박하신 걸 인정하신 거다. 귀여운 울 엄니. 고통 없고 건강하시다면 2년이 아니라 20년쯤 더 사신다면 얼마나 좋을까. 그런데 사는 것이 힘들다, 어서 떠나고 싶다, 노래를 부르시기에 그럼 2년만 더 사시라 했다. 어머니도 그러시마 대답하셨다. 그 약속이 다시 생각나셨던 모양이다.

그런데 더 살아도 되는지를 자식에게 물어보시다니요, 어머니. 간병을 부담스러워한 적이 없는데, 즐겁고 행복하게 모시고 있는데, 평생 어머니께 지은 죄를 조금이라도 속죄받을 수 있게, 받은 은혜를 조금이라도 갚을 수 있게 기회를 주신 어머니께 감사드리며 모시고 있는데, 어머니가 사시는 것을 그리 미안해하시다니요. 그걸 자식에게 허락받으려 하시다니요. 정신이 오락가락하는 와중에서도 누구에게도 폐를 끼치고 싶어 하지 않는 어머니의 성정이 느껴져 속상하다.

더 살고 싶은 마음은 모든 생명의 본능이다. 어머니 또한 다르지 않을 것이다. 그런데도 자신을 간병하는 자식에게 부담을 주는 것이 미안해서 어서 보내달라 하시던 어머니. 이제는 또 자식에게 부담이 될까 봐 더 살아도 되는지 허락을 받으시려는 어머니. 도대체 삶의 슬픔은 끝이 없구나.

2022. 8. 3

죽으면 다
흩어져버려

ㅎ

"죽으면 다 흩어져버리고 아무도 없어. 어디 흩어진 줄도 모르게 금방 흩어져버리지. 흔적도 없이 사라져버려. 누가 죽은지 산지도 몰라. 그렇게 살다 그렇게 가는 게 인생이야."

삶과 죽음의 실상을 이토록 간명하게 정의한 말씀이라니. 생과 사의 본질을 꿰뚫는 말씀. 부처님 말씀일까? 어떤 철학자, 어떤 선사의 어록일까? 어떤 물리학자의 이야기일까? 아니다! 내 어머니 말씀이다. 어떤 종교도, 물리학도 공부한 적 없는 초등학교 2학년 중퇴 학력의 어머니. 진리를 깨닫게 하는 것은 학력도, 공부도, 도력도 아니란 사실을 어머니가 말씀으로 보여주신다. 온전히 맨몸으로 살아낸 인생. 삶만 한 스승이, 수도가 또 어디 있을까? 스스로 생사의 비밀을 풀어내신 어머니!

잠시만 어머니 곁을 비우면 금세 또 섬망 증세가 도진다. 내가 곁에 없으면 삶의 의욕도 사라지나 보다. 방송 출연 때문에 잠깐 서울을 다녀왔더니 어머니가 어서 보내달라고 또 떼를 쓰신다.

"나 좀 힘 빼 가지고 떨어뜨려줘."

"무슨 말씀이세요, 어머니?"

"나 좀 보내달라고."

"어딜 보내요."

"황천으로."

"무슨 황천을 가요."

"2년 기다리지 말고 보내달란 말이야."

어서 돌아가시고 싶다고 하셔서 딱 2년만 더 사시라고 설득하자 그러겠다 하셨던 어머니가 2년을 기다리기 싫다며 어서 보내달라 하신다.

"어서 나 좀 보내줘. 힘 좀 안 쓰게. 그만 살고 싶어."

"왜 또 그러세요?"

"내가 힘들어서 그래."

"뭐가 그리 힘드세요?"

"아우 답답해. 사는 게 힘들어서 그렇다고. 힘 좀 빼서 나 좀 그만 보내줘. 더 힘쓰게 만들지 말고."

"내가 어떻게 보내요, 엄니를. 보낼 방법이 없는데."

"네가 보내주면 돼. 네가 옆에서 떨치면 되잖아. 너밖에 없어. 나 보내줄 사람."

"엄니를 어떻게 떨쳐버려요. 그리는 못 해요."

"진짜 아무것도 안 먹을 거야. 안 먹으면 죽겠지. 너 보는 앞에서 안 먹고 죽으면 좋겠냐. 그러기 전에 나 좀 떨쳐서 보내줘."

"엄니, 제발 좀."

"잔말 말고 나 보내주고 너 살 데 가서 살아. 너도 몇십 년 살 거 같지? 너도 금방 흩어져버려. 어디 흩어진 줄도 모르게 금방 흩어져버려. 흔적도 없이 사라져버리지. 얼마 안 가."

"그래요. 어머니 저도 얼마 안 가서 사라져버리겠죠. 그래도 같이 좀 더 사시다 가요. 어머니."

"아냐, 힘 그만 쓰고 나 좀 놔달라고. 너 살 데 가서 살아. 나 좀 미리 놔주고. 나 좀 보내주고."

"저는 엄니 옆에서 살면 돼요. 그러니 제 걱정 말고 딱 2년만 더 사세요."

"더 살면 뭐 하냐. 죽으면 다 흩어져버리고 아무도 없어. 누가 죽은지 산지도 몰라. 그렇게 살다 그렇게 가는 게 인생이지."

어머니의 말씀이 틀린 거 하나도 없다. 물리학 수업을 듣지도 불교를 믿지도 공 사상을 공부하지도 않으셨지만 어머니는 생사의 본질을 환하게 꿰고 계시다. 깨달은 자의 말씀이고 물리학이 알려주는 생명의 법칙이다. 죽으면 우리를 구성하고 있던 원자들도 다 흩어져서 사라져버릴 것이다. "누가 죽은지 산지도 모를 것"이다. 그렇게 살다 그렇게 가는 게 인생이겠지.

그래도 나는 어머니를 보내드릴 수 없다. 보내지 않아도 때가 되면 갈 텐데, 굳이 서두를 일이 무엇일까? 한 번 헤어지면, 한 번 흩어지고 사라지면 영원히 만날 수 없는 어머니가 아닌가.

안 보내준다고 한참을 투덜거리고 설법을 하시던 어머니가 한동안 손을 잡아드리고 안아드렸더니 이제 다시 미음을 드신다. 그렇게 또 의미 없는 생사의 길에서 의미 있는 하루가 간다.

2022. 8. 3

어머니와
럽스타그램

어머니와 '럽스타그램'.

오늘은 어머니와 얼굴을 맞대고 셀피를 찍었다. 이런 사진은 평생 처음 찍어본다. 연애할 때도 찍어본 적 없던 사진. 내가 의외로 수줍음을 많이 탄다. 그래서 사진 찍는 것을 좋아하면서도 정작 찍히는 건 싫어한다. 셀피도 찍어본 적이 단 한 번도 없다. 그런데 어머니와 처음으로 셀피를 찍었다. 어머니와 처음 해보는 것이 참 많다.

참 좋다.

2022. 8. 5

슬픈
전복죽

말기 암 환자를 돌보는 일은 실상 수고로움에 비해 효과가 크지 않다. 시시포스의 노동과 비슷한 점이 많다. 어머니께 끓여드리라고 노화도에서 전복 양식장을 하는 선배가 전복을 40마리나 보내주셨다.

두 시간에 걸쳐서 손질하고 죽을 끓이고 그것을 또 식힌 다음 믹서에 갈아서 다시 끓여 전복 미음을 만들었다. 끓이기 전에는 드시겠다던 어머니가 막상 끓여놓으니 안 드실 궁리를 한다. 일전에도 여러 차례 끓여서 드시도록 시도했다가 번번이 실패했다.

그런데 오늘은 웬일로 선뜻 한번에 드시겠다 하니 기뻤다. 하지만 전복죽을 끓여서 가져다 드리니 한 수저 뜨시고는 결국 안 드시겠단다.

"왜 또 안 드시려고요, 어머니?"

"맛없어. 신맛이 나."

"고소하니 맛만 있네요. 왜 시다고 그러세요?"

"몰라, 시다니까. 옛날부터 암 환자들이 바다에서 나온 것을 싫어했대."

"참 핑계도 가지가지시시네. 암 환자들 보양식으로 전복죽 잘만 먹던데."

"그냥 싫어. 속에서 안 받아. 너나 먹어."

"그럼 드시지 마세요. 안 받는데 억지로 드시면 안 되니."

결국 오늘도 포기했다. 텔레비전을 보다가 들은 것이 있는지 암 환자들이 바다에서 나온 것을 싫어했다며 거절하셨다. 어쩔 수 없이 어머니 남긴 전복죽을 내가 먹는다. 어머니 덕에 나만 보양하게 생겼다. 그런데 어머니가 못 드시는 음식 내가 먹는다고 그게 보약이 되겠는가. 그냥 슬픈 전복죽이다. 그런데 어쩌나. 맛 있다. 정말 맛있다. 어제 바로 바다에서 건져 보내온 전복으로 끓인 것이니 맛없을 수가 없다. 어머니 죄송해요. 나만 맛난 죽 먹어서. 그래서 더 슬픈 전복죽이다.

2022. 8. 7

너
통영 갔니?

"너 통영 갔냐? 무슨 일 있어서 갔어?"

"아뇨, 어머니. 저 여기 있잖아요."

"그래. 네가 통영에 간 줄 알았어."

일 때문에 내가 잠시 통영에 다녀와야 한다 말씀드렸는데 어머니의 뇌는 이미 내가 통영에 가 있는 것으로 입력되었나 보다. 꼼짝도 할 수 없는 육신이지만 시공간을 자유롭게 왕래하시는 어머니. 어머니는 이미 고통스러운 육신을 벗어나 정신의 자유를 얻으신 것일까? 해탈하셨다면 기뻐야 할 텐데 왜 이리 눈물이 날까?

2022. 8. 10

유언장을
쓰는 시간

"시간이 왜 이렇게 안 가니?"

"왜요, 엄니. 지루해요?"

"응, 사는 게 지루하다. 2년이 얼른 갔으면 좋겠어."

억수 같은 장대비가 쏟아지는데 꾸벅꾸벅 졸고 있던 어머니가
갑자기 눈을 뜨고 사는 게 지루하다 하신다.

"2년 되면 떠나시게요?"

"그전에 가야지."

"왜 또 그러세요. 저랑 사는 게 싫어요?"

"아니. 미안해서 그러지. 네가 힘드니까."

"하나도 안 힘들어요, 어머니. 그러니 제발 더 사셔야 해요."

어머니는 고개를 끄덕이신다. 평생 남에게 폐 끼치는 걸 극도로 싫어하셨던 어머니. 병환이 깊어 정신이 오락가락하는 와중에도 조금 정신만 돌아오면 자식들에게 부담이 되지 않으려 늘 마음을 쓰신다. 나는 어머니의 저 착하고 정갈한 심성의 절반도 따라가지 못한다. 멍하니 천정을 보고 계시던 어머니, 갑자기 또 말을 건네신다.

"옷들 다 버려라."

어머니가 당신이 입었던 옷가지들을 전부 내다 버리라 하신다. 나는 무엇보다 옷을 버리란 말씀이 슬프다. 가을옷도, 겨울옷도 모두 버리란 말씀. 여름 지나면 가을 오고 겨울이 올 터인데 가을에는 가을옷이, 겨울에는 겨울옷이 필요할 텐데 어머니는 그 옷들을 모두 버리라 하신다.

한 번의 가을도, 겨울도 맞이할 수 없다고 생각하시니 어찌 서글프지 않을까. 생을 정리하는 시간. 어머니는 매일매일 자신을 정리하고 아들이 살아가야 할 길에 대한 지침을 주신다.

"냉장고에 오래된 음식들 다 버려라. 위험하니 유리그릇도 버려라. 숙주나물 많이 먹어라. 밀폐 용기 사다가 겨울에 숙주나물 나올 때 넣어서 냉동해두고 오래 먹어라. 간에 좋다더라. 생고구마도 많이 먹어라. 다이어트에 좋다더라." 그 말씀들을 또 힘겹게 노트에 또박또박 적어주며 꼭 간직하라고 하신다. 하루하루가 유언의 시간, 유언장을 쓰는 날들이다.

2022. 8. 16

끝날 때까지
결코 끝난 것이 아니다

"찹쌀 갈아놓은 거 있냐?"

"왜요? 어머니."

"죽 끓여줘. 다시 먹어야겠다."

"찹쌀 안 드시겠다더니 이제 드시려고요?"

"그래. 네가 2년 더 살라고 했잖아."

"난 두 달 남은 줄 알고 안 먹으려고 했지. 많이 남았네, 2년이 나. 그래서 먹어야겠어. 이도 닦아야겠고."

"얼마 안 남으신 줄 알고 대충하시려고 한 거예요, 어머니?"

"그래. 금방 죽을 거면 먹을 필요 없지."

"울 어머니가 왜 이러실까? 끝까지 최선을 다해야죠. 얼마 안 남았다고 대충 살면 안 되죠."

"그래 네 말이 맞다."

어머니는 쿨하게 인정하시고는 찹쌀 미음을 맛나게 드신다.

일뿐일까? 삶 또한 끝날 때까지는 결코 끝난 것이 아니다.

2022. 8. 17

살아 있으니
행복해

머나먼 남쪽 끝 섬 여수 안도의 민박집에서 전복을 보내왔다. 어머니가 암 투병 중이란 소식을 들은 주인 할머니가 어머니 끓여드리라고 해녀가 물질해서 딴 귀한 자연산 전복을 2킬로그램이나 사서 보내주셨다. 어려움 있을 때 몇 번 도와드린 적이 있는 인연 있는 민박집이긴 하지만 이리 마음 써주니 그 깊은 인정에 그저 감사한 마음뿐이다.

"어머니, 누가 또 전복을 보냈어요."

"네가 샀냐?"

"아뇨. 어머니 끓여드리라고 여수 섬에서 자연산 전복을 보내줬어요."

"그래 너나 먹어라."

"어머니 드시라 보내준 건데 내가 왜 먹어요, 어머니 드셔야죠."

"내가 그걸 어떻게 먹냐? 이도 없는데."

"곱게 갈아서 미음 끓여드릴 테니 드세요."

"난 못 먹는다니까."

"드실 수 있어요."

"하는 일 없이 먹고 싸기만 하는구나."

"평생 쉬지 않고 일하셨으니 일은 충분히 하셨어요. 아파서 하실 수도 없잖아요."

"먹고 싸기만 하니 그게 사는 거냐."

"뭔 소리세요. 사람이 다들 일하고 먹고 싸고 사는 게 다죠. 다른 사람들도 다 그렇잖아요. 먹고 싸는 데다 힘든 일까지 해야 하니 그 사람들이 불쌍한 거죠. 어머니는 일은 안 해도 되니 좋은 거잖아요. 잘 먹고 잘 싸면 얼마나 좋아요."

"네가 맨날 똥 치우느라 고생이라 그렇지. 일도 못 하고 싸기만 하는데 진즉에 갔다 버렸어야 했어."

"뭘 버려요, 어머니?"

"나를 버렸어야지."

"어머닐 어떻게 버려요. 말도 안 되는 소리 그만하세요. 평생

일만 하느라 고생하셨으면서."

"그래도 살아 있으니 행복해."

"그렇죠? 어머니가 살아주시니 저도 너무 좋아요."

"진짜 행복해. 빈말이 아니야. 네 덕분에 살았어."

"뭔 소리세요. 어머니 덕분에 제가 살아 있는 거죠. 어머니 아니었으면 제가 어떻게 살아 있겠어요. 그러니 이제 전복도 드셔야 해요. 잘 갈아서 미음 끓여드릴게요."

"그래 먹을게."

"진짜죠? 지난번처럼 끓였는데 안 드신다고 하기 없기예요. 약속하세요."

"그래 약속하마. 잘 갈아야 해. 입에 안 걸리게."

"네, 어머니."

그렇게 어머니를 위해 다시 전복죽을 끓였다. 아니 전복 미음을. 이번에는 내장은 빼고 몸통만으로 끓였다. 내장이 영양가가 많지만 아무래도 특유의 향 때문에 어머니가 드시기 거북해하시는 듯하다. 언제나 과욕은 금물이란 걸 다시금 깨달았다. 영양이 적더라도 일단 어머니가 드시는 게 중요하니 더 큰 욕심은 버렸다.

전복을 솔로 깨끗이 씻은 뒤 내장과 이빨을 제거하고 몸통만 삶았다. 삶은 전복을 다시 한번 씻은 뒤 믹서에 곱게 갈아 먼저 삶아둔 콩과 흰쌀밥을 곱게 갈고 거기에 간 양파와 간 마늘을 첨가

해 미음을 끓였다. 비린 맛이 전혀 없고 고소한 전복 미음. 어머니가 한 수저 뜨시더니 물리라 하지 않고 계속 드신다.

"엄니, 드실 만하세요?"

"응, 하나도 안 비려."

"거봐요. 이젠 나머지 전복도 끓여드릴 테니 다 드셔야 해요."

"그러마. 연잎밥도 넣고 끓여."

"네, 어머니."

누가 보내준 연잎밥도 안 드시겠다고 미음에 못 넣게 하시더니 이젠 넣어달라신다. 얼마나 다행인지.

"너 할 일이 또 있어."

"뭔데요, 엄니?"

"된장국 끓여."

"정말로요? 엄니. 된장국도 드시게요?"

"그래."

"네, 네. 끓여 드릴게요, 엄니."

어머니께서 기력이 조금 돌아오니 다시 또 입맛도 살아나는 듯하다. 입맛이 살아나면 삶의 의욕도 살아난다. 두 달 전 위독해지셔서 응급실에 실려 가실 때는 고비를 못 넘길 듯하더니 이제 다시 조금 살아나고 계신 것이다. 여전히 하루에도 몇 번씩 정신이 오락가락하고 내일 또 어찌 될지 알 수 없는 말기 암 환자지만 그래도 오늘은 오늘대로 어찌 감사한 일이 아닐까. 말기 암 환자에게는 하루하루가 마지막 날이 아닌가. 우리 또한 다르지 않을 터지만.

2022. 8. 19

나 좋은 거 좀
먹이지 마라

추석을 앞두고 명절 특식으로 어머니께 꽃게죽을 끓여드렸다. 연안부두에서 싱싱한 꽃게를 사다가 먼저 찜통에 쪄냈다. 찐 꽃게의 살만 발라서 쌀밥을 곱게 갈아 넣고 다시 끓였다. 꽃게는 그냥 살만 먹어야 맛있지만 그대로는 드실 수 없으니 쌀죽에 넣어 끓인 것이다.

죽이라면 그나마 나을 텐데, 어머니가 죽도 드실 수 없으니 꽃게 살과 밥을 모두 가루로 만들어 미음을 끓이니 꽃게 맛이 제대로 날 리가 없다. 그나마 어머니가 맛나게 드셔주시니 다행이다. 그런데 꽃게죽을 다 비우시고 난 어머니가 또 한소리 하신다.

"나 좋은 거 좀 먹이지 마라."

그냥 미음으로는 영양이 부족할 듯싶어 문어랑 전복도 넣어드리고, 또 왕새우를 갈아서 넣어드리기도 했다. 같은 것을 계속 드시면 지겨워하실까 싶어 종류를 바꿔가며 해드린다. 그래서 오늘은 살이 실한 수컷 꽃게를 사다 미음에 넣어드렸던 것인데 어머니가 한말씀 하신 거다.

"잘 드셔놓고 왜 또 그러세요?"

"사는 게 지겹다."

산소줄을 차고 방 안에서 한 발짝도 못 나가고 날마다 먹고, 자는 일뿐이니 어찌 지겹지 않겠는가.

"저랑 사는 게 지겨우세요?"

"아니, 너라도 재밌게 살라고."

역시나 어머니는 지루한 반복의 삶이 지겨워서가 아니라 당신 간병하느라 아들이 하고 싶은 일을 못 하고 산다는 미안함 때문에 또 삶을 놓고 싶다 하신다. 자식에게 폐를 끼치기 싫어 삶을 어서 끝내고 싶은데 자꾸 좋은 거 먹여서 삶을 연장시킨다고 타박하시는 거다.

"아이고, 참 엄니도. 엄니가 돌아가시고 나면 내가 재밌게 살아지겠어요?"

할 말이 없으신지 잠깐 딴청을 부리시던 어머니.

"부모는 땅에 묻는 거야. 오래 살았으니. 나 얼른 죽으면 인천의료원 가서 화장해 묻어버리고 너는 통영 가시 살아."

어머니 간병한다고 나 하고 싶은 거 못 하고 사는 것도 아닌데 어머니는 당신이 내 발목을 잡고 있다고 생각하시니 어찌할까. 어머니 덕에 내가 지금껏 살아 있는데. 당신이 평생 베푼 은덕은 모두 잊으시고 아들에 대한 미안함만 남으신 어머니, 생사의 문턱에서도 이기적이지 못하시고 아들을 먼저 배려하는 어머니. 그 절대 사랑을 대체 내가 무슨 자격으로 받고 있단 말인가. 한없이 죄스러운 명절이다.

2022. 9. 8

어머니와
소나무

어머니를 간병하고 모시면서 든 생각은, 어머니가 마치 늙은 소나무 같다는 것이다. 100살 된 소나무를 아이처럼 돌보는 500살의 어미 소나무. 오늘도 늙은 어머니는 혼자서는 아무것도 못 하고 눕거나 앉아만 계시면서도 끊임없이 아들의 안위를 걱정하신다.

"눈이 안 좋으니 잘 보고 다녀라. 부딪히면 다친다." "쪼그려 앉아서 빨래하지 마라. 무릎 상한다." "간이 걱정이다. 멜론 많이 먹어라." "숙주나물이 간에 좋단다. 숙주나물 먹어라." "술 좀 그만 마셔라. 네가 나보다는 오래 살아야지."

예전 같으면 잔소리로 들렸을 이야기들이 너무 감사하기만 하다. 몸은 허깨비가 되어가면서도 자식에 대한 사랑은 더욱 깊어지는 어머니. 늙어갈수록 더욱 아름다워지는 유일한 생명체가 나무다. 늙어서 나무가 될 수 있는 유일한 인간이 있다면 그것은 오직 어머니뿐일 것이다. 어머니는 소나무가 되어간다.

소나무는 모성애가 지극한 나무이기도 하다. 어미 소나무는 자식 소나무를 제 가지로 가려서 자식이 햇빛을 지나치게 탐닉해 빨리 성장하지 못하도록 막는다고 한다. 어린 자식을 어깨로 감싸주는 소나무의 모성애. 어머니의 사랑.

2022. 9. 10

2년 다 살고 나면
어떡하냐?

휠체어 타고 병원 진료 대기 중인 어머니. 잠깐 휠체어에 앉아 있는 것도 힘들어하신다. 졸리기까지 한데 머리를 기댈 수 없어 불편하신지 휠체어를 벽에 붙여달라고 하신다. 휠체어를 옮겨 벽에 붙여드렸지만 손잡이 때문에 딱 붙지가 않아 고개를 댈 수가 없다. 생각 끝에 내가 앉은 의자 쪽으로 휠체어를 돌린 뒤 머리를 숙여 어머니 머리를 기대게 해드렸다.

그런데 어머니가 "그러지 마" 하신다.

"왜요? 엄니. 불편해요?"

"아냐. 나만 불편하냐, 넌 안 불편하냐?"

"전 괜찮아요. 엄니."

"제발 너 불편하게 그만했으면 좋겠어. 그러니까 어서 좀 끝내줘라."

"뭘 또 끝내달라고 그러세요. 쓸데없는 소리 마시고 그냥 기대세요. 난 하나도 안 불편하니까."

"싫어. 너 불편한 거 싫다고."

어머니는 결국 기대지 않고 그대로 졸음을 참으신다. 평생 누구에게도 폐를 끼치지 않고 살았던 어머니 삶의 자세가 병환 중이라고 쉽게 바뀔 수 있겠는가. 안타깝지만 더는 어쩔 수 없어 어머니 뜻대로 하시라 했다.

진료가 시작되고 결과지를 살펴본 의사는 생각보다 어머니의 상태가 많이 좋아졌다며 간병을 잘해드린 것 같다고 한다. 다시 어머니를 집으로 모시고 왔다. 많이 지치셨을 텐데 집에 오니 다시 또 생기가 돈다. 역시나 집이 제일 편하시겠지. 집에 오자마자 산소줄부터 채워달라고 하는 어머니. 수저로 물 한 모금 뜨시더니 갑자기 "2년 다 살고 나면 어떡하냐?"고 물으신다.

언제는 2년도 너무 길다고 어서 보내달라시더니 이제는 2년 뒤를 걱정하신다. 얼마나 반가운 말씀인가. 의사가 좋아졌다고 할 때는 못 들은 척 아무 말도 안 하시더니 집에 오자 반응을 보이시는 거다. 아까 진료 대기 중일 때만 해도 이제 좀 끝내달라고 하셨던 어머니다. 그런데 의사가 좋아졌다니 다시 삶의 의욕을 되찾으셨나 보다. 진짜 2년만 살게 하고 보내드릴까 봐 걱정이신가 보다. 삶은 이렇게 또 이어진다. 순간을 살지만 이렇게 또 영원을 산다.

"2년 살고 나면 2년 더 연장하면 되죠. 전세나 월세도 2년씩 연장해서 계약하잖아요. 어머니도 계속 2년씩 연장하면 돼요."

"정말 그래도 돼?"

"그럼요, 어머니."

얼마 전까지만 해도 자신은 이미 죽었는데 왜 장례식 안 보내주느냐고, 날마다 그만 살고 싶다고 노래 부르시던 어머니. 멋쩍으셨는지 더 살아도 될지 아들 눈치를 보신다. 더 사시란 대답에 내심 안도하는 듯하던 어머니. 금세 또 걱정거리가 생기셨다.

"그럼 네 삶은 없잖아. 너도 네 삶을 살아야지. 나 돌보느라 네가 살고 싶은 대로 못 살면 어떡해?"

"뭔 소리예요, 어머니. 이것도 내 삶이에요."

"통영 가서 살아야지."

"통영에서 안 살아도 돼요."

"통영 안 살면 어떡해. 네 삶을 못 살면 네 인생이 불쌍하잖아."

"괜찮다니까요, 어머니. 나도 어머니랑 사는 게 좋아요. 통영은 가끔씩 왔다 갔다 하면 되죠. 대신에 어머니가 좀 더 좋아지면 저는 일하러 다녀야 해요. 섬에도 가야 하고. 그러니 일 못 하게, 섬에 못 가게만 안 하시면 돼요."

한동안 머뭇머뭇 대답이 없던 어머니가 이내 결심하신 듯 대답을 한다.

"그래 알았어. 못 가게 안 할게."

평생 무욕의 삶을 살아오셨던 어머니. 어머니가 오늘은 또 2년보다 더 살겠다는 욕심을 보이니 어머니의 욕심이 그리 반가울 수가 없다. 내일 또 어찌 변할지 알 수 없는 것이 말기 암 환자지만 환자에게 삶에 대한 욕심은 많으면 많을수록 좋다. 그래서 오늘은 어머니도 나도 모처럼 기쁜 날이다.

2022. 9. 12

아무것도
해드릴 수 없는 고통

호전되는 듯싶었던 어머니의 병세가 또 갑자기 악화됐다. 말기 암 환자들에게는 일상적인 일이라지만 너무 급작스러워서 당혹스럽기만 하다. 한동안 미음도 잘 드시고, 건강 보조제도 잘 드시고, 요구르트까지 잘 드셨다.

3개월 전 위독해서 응급실을 다녀오신 뒤부터 보다 세심하게 돌봐드린 까닭에 부축해드리면 방 안에 놓아드린 변기에 변도 보시고, 의자에 앉아 미음도 드시고, 텔레비전도 보시곤 했다. 그런데 갑자기 드러눕더니 일어나질 못하신다. 음식도 삼켜지지 않는다고 못 드신다.

겨우 수저로 물만 떠서 먹어드리고 119를 불러 인천시립병원에 갔다. 병원에서도 수액 한 병 놔주고는 달리 방법이 없다고 돌아가라 해서 사설 구급차를 불러서 다시 집으로 모셨다.

방사선 치료 후유증으로 어머니는 언제나 입안이 바짝바짝 탄다. 그래서 밤에도 깊은 잠을 못 자고 잘해야 한두 시간 주무시다 일어나길 반복하며 앉은 채로 물을 떠 입안을 축이시곤 했다. 그런데 이제는 혼자서는 일어나실 수도 없으니 어머니는 얼마나 입안이 타셨을까.

지난밤에도 방 안에 어머니를 모시고 문을 열어둔 채 거실에서 자면서 어머니 기척을 듣고 물을 떠먹여 드렸다. 두 시간 간격으로 네 번 정도 자다 일어나 물을 떠먹여 드렸다. 어머니는 그보다 더 자주 입안이 타셨을 텐데 기척을 하지 않으셨다. 아들 잠 깨우는 것이 미안해서일 것이다. 그래도 입안이 타는 고통에 어머니도 모르게 내뱉는 신음소리에 잠이 깨 물을 드리곤 했다.

오늘 아침도 공허한 눈빛으로 누워 계신 어머니 얼굴을 보니 눈물이 주르르 쏟아졌다. 아무것도 드실 수 없고 아무것도 해드릴 수 없으니 억장이 무너진다는 말이 이런 거구나 싶었다. 눈물을 훔치는 아들을 바라보던 어머니 눈가에도 이슬이 맺혔다. 아들보다 강하신 어머니는 울음을 꾹 삼키며 아들을 나무라신다. 기운이 없어 발음이 새는데도 말씀은 단호하시다.

"남자가 울면 되니. 남자는 태어날 때하고 죽을 때 두 번밖에 안 운다 했어."

하지만 쪼잔한 아들은 어머니 말씀에도 도무지 울음을 멈출 수가 없다.

"울지 마라. 나는 곧 갈 때가 됐어."

"무슨 말씀이세요, 어머니. 벌써 가시면 안 돼요."

"못 먹으면 죽는 거지. 너는 어서 밥 먹어."

당신은 먹지 못해 굶주린 와중에도 자식의 끼니 걱정부터 하시는 어머니.

"싫어요. 어머니 안 드시면 저도 굶을래요."

"말도 안 되는 소리 하지 말고."

"아뇨, 어머니가 안 드시면 진짜 저도 굶을 거니 단백질 음료라도 드셔보세요."

한동안 고개를 젓고 묵묵부답이던 어머니가 입을 연다.

"그럼 너도 밥 먹는 거지?"

"네, 어머니."

자리에 누워 계신 어머니에게 글루타데이를 물에 타서 조금 떠먹여 드린 뒤 단백질 음료를 그릇에 담아 숟가락으로 조금씩 떠서 먹여드렸다. 어머니는 힘들어하시면서도 한 팩을 다 드셨다. 다 드시고 난 어머니는 금세 또 코를 골며 잠에 빠져드신다.

방문 간호 서비스로 영양제 주사 신청을 해놨지만 방문 간호사도 그것이 얼마나 효과가 있을지 의문을 표시했다. 병원에서도 대책이 없다는데 이제 또 아들은 어머니를 위해 무엇을 할 수 있을까? 서서히 말라 미라가 되어가는 어머니의 모습을 그저 지켜봐야 하는 것일까? 가슴이 바짝바짝 타들어가는 시간들이다.

2022. 9. 26

아직은
때가 아니다

"물 좀 줘라. 나 좀 살려줘라."

새벽 세 시, 깜빡 잠이 들어 어머니가 물 달라고 깨우는 소릴 못 들었던 모양이다. 어머니의 다급한 외침을 듣고서야 눈을 뜨고 물을 먹여드렸다. 옆에 물그릇이 놓여 있지만 혼자서는 드실 수 없으니 그 갈증이 얼마나 크셨을까.

밤낮으로 인공 침샘 스프레이를 뿌려드리고 자기 전에는 인공 침샘 패치도 넣어드리지만 효과는 길어야 한 시간이다. 한밤중에도 한 시간 간격으로 물을 드셔야 견디실 수 있다.

입술에는 물 적신 거즈를 놓아드리지만 이 또한 금방 말라버린다. 입속에 불이 나는 어머니의 고통에 비하면 아무것도 아니지만 며칠 동안 밤잠을 제대로 못 자고 한두 시간 간격으로 깨어 물을 떠먹여 드려야 하는 아들도 힘들지 않다고는 못할 것이다.

여러 가지 궁리를 하다가 아기들 젖병을 구입해 물을 채워 어머니 옆에 놓아드렸다. 젖병을 들 기운은 있으시니 그나마 다행이다. 입으로 빠는 힘이 약해서 물이 시원하게 나오진 않지만 임시방편은 한 셈이다. 어머니도 아들 깨우지 않으려고 젖병을 빨아보려 안간힘을 쓰신다. 그래도 밤에 서너 번씩은 깨어나 물을 드려야 한다. 젖병 덕에 어머니는 조금이라도 갈증을 해소할 수 있고 아들은 쪽잠이라도 잘 수 있어 그나마 다행이다.

페이스북을 통해 어머니 소식을 접하고 계신 몇몇 분들께서 이제 어머니를 놓아드리라 하신다. 호스피스로 모시라고 조언해주신다. 그것이 어머니가 고통으로부터 벗어날 수 있는 길이라 하신다. 아들의 욕심이 어머니를 붙들고 있는 것이라고도 하신다. 아들도 어머니를 지옥 같은 삶에서 해방해드리고 싶다. 하지만 어떻게 놓아드릴 수 있을까? 아들은 도무지 방법을 알 길이 없다.

드시기 싫다고 하시니 아무것도 드리지 않고 굶어서 돌아가시도록 하는 것이 놓아드리는 것일까? 그게 옳은 일일까? 도저히 그리는 할 수가 없다. 어느 자식인들 그것이 가능하겠는가. 자식이 아니라도 마찬가지일 것이다. 게다가 어머니는 날마다 어서 죽고 싶다며 아무것도 안 먹겠다고 하시지만 그게 진심일까? 물론 죽고 싶은 마음이 없지는 않으실 것이다. 하지만 어찌 그 마음뿐이 겠는가. 살고 싶은 마음도 간절하실 게다. 그래서 갈증이 나면 물을 달라 하시고 불러도 깨어나지 못하고 잠이 든 아들에게 살려달라고 하시는 것이다. 웰다잉을 이야기하지만 살고 싶은 것도 모든 생명의 본능이다. 어머니께 왜 죽고 싶으시냐 물으면 자식 고생 그만 시키고 싶어서 그런다고 대답하신다. 그런데 어찌 쉽게 판단할 수 있겠는가. 아들은 도무지 알 수가 없다. 어떻게 놓아드려야 할지.

호스피스에 보내드리는 것도 마찬가지다. 마약성 진통제로도 없애지 못할 정도의 통증을 겪고 있다면 그 또한 고려해봤을 것이다. 극한의 통증을 방치하는 것이 결코 어머니를 위한 일이 아니기 때문이다. 하지만 다행스럽게도 어머니는 입이 마르는 것 말고는 다른 통증은 거의 없으시다. 가끔 섬망이 오긴 하지만 대부분은 정신이 너무도 멀쩡하시다. 그런 어머니를 어찌 호스피스에 보낼 수 있겠는가.

똥오줌은 받아내면 되는 것이고 갈증이 나신다면 물은 떠먹여드리면 된다. 아들이 충분히 할 수 있는 일들이다. 어느 호스피스에서 밤을 새워가며 한 시간마다 어머니에게 물을 떠먹여 줄까? 어느 요양원인들 어머니가 평생을 사시던 집보다 편할까? 어느 요양사인들 자식보다 마음 편할까?

만일 어머니가 아주 의식을 놓아버리시거나 아들도 못 알아보게 되면 호스피스도, 요양원에도 보내드릴 생각이다. 그런데 너무도 뚜렷한 정신으로 아들의 끼니 걱정을 하고 눈이 안 좋은 아들 눈 걱정을 해주시는 어머니를 어찌 집에서 떠나보낼 수 있을까? 아들은 도저히 그리 할 자신이 없다.

어머니를 못 놓아드리는 것이 아들의 욕심일 수도 있다. 하지만 어머니 또한 죽고 싶다 하시면서도 호스피스도 요양원도 원하지 않으신다. 방문 요양사마저 거부하신다. 평생을 정갈하게 살아오신 어머니는 자신의 병들고 추해진 모습을 다른 사람에게 보이고 싶어 하지 않으신다. 의식이 있는 한 그러할 것이다. 아직은 때가 아니다.

2022. 9. 30

말 없는
말씀

하루 종일 누워만 계시는 어머니. 혼자서는 일어나 앉을 수도 없으니 누워 있는 것이 얼마나 힘드실까. 계속 누워만 계시면 갑갑하기도 하고 지루하기도 할 것이다. 또 욕창의 우려도 있다. 그래서 어떻게든 잠깐씩이라도 앉아 계시도록 하려고 노력한다.

"엄니, 거실 나가서 텔레비전이라도 좀 봐요. 계속 누워 있으면 지루하잖아요."

"싫어."

"어젠 나가서 좀 앉아 계셨잖아요. 왜 안 일어나시려고 그래요?"

"일어날 수가 없잖아. 그런데 어떻게 의자로 가."

"제가 안아다 드리면 되잖아요."

"너 힘들잖아."

"괜찮아요, 엄니. 엄니가 너무 가벼워서 하나도 안 힘들어."

"싫다니까. 너 힘들게 하기 싫다니까."

"안 힘들다니까, 참."

거실로 나가기 싫어서가 아니라 어머니는 아들 힘들까 봐 안 나가시겠다는 것이다. 어머니의 마음을 알았으니 더 이상 묻지 않고 그냥 번쩍 안아서 거실의 소파에 앉혀드렸다. 32킬로그램쯤이나 나가실까. 어머니는 이미 너무도 가벼워지셨다. 안아드릴 때마다 속이 상한다.

어머니를 거실 소파에 앉히고 텔레비전을 틀어드렸다. 드라마보다 시사 프로를 좋아하시는 어머니는 오늘도 뉴스 채널을 틀어달라 하신다. 건강 보조제를 한 봉 타서 떠먹여 드리니 비몽사몽간에 뉴스를 보고 계신다. 30여 분쯤 그대로 꼼짝 않고 텔레비전에 빠져 계시는 것을 보고 뭐라도 좀 더 드시게 할까 궁리를 하다 포도 생각이 났다.

"엄니, 포도 갈아드릴 테니 드셔볼래?"

"싫어. 어제 먹었잖아."

"어제는 어제고, 오늘도 드셔야지."

"싫대도."

"어제는 드시더니 오늘은 왜 포도가 싫으신데요?"

"너 힘들잖아."

분명 배가 고프실 텐데 오로지 아들 힘들게 하는 것이 싫어서 포도즙도 안 드시겠다는 것이다.

더 이상 묻지 않고 그냥 포도를 갈아 떠먹여 드렸다.

"달죠? 엄니."

"그래. 달다."

절반쯤 드신 어머니가 이제 다시 그만 드시겠다고 하신다.

"왜요, 엄니. 맛없어요?"

"아니, 너 힘들어서 싫다고."

"알았어, 엄니. 나머지는 오후에 드셔."

포도즙 남은 것을 냉장고에 넣어두고 오니 어머니는 금세 또 코를 골며 혼곤한 잠에 빠져드셨다. 누운 자리에서 일어나지 않으려 하시는 것도 포도즙을 안 드시겠다는 것도 어머니의 속마음이 아니다. 오로지 자식 힘들게 하지 않기 위해서다. 어머니가 말로 표현하는 것만이 어머니의 진짜 뜻이라고 생각할 수 없는 이유다. 어서 죽고 싶다고 말씀하시는 것도 속마음이 아닐 것이다. 아직은 살고 싶은 의지가 더 강하신 어머니. 아들은 어머니의 말에 속지 않고 마음을 듣기 위해 어머니의 말 없는 말씀에 귀를 기울인다.

2022. 9. 30

궁즉통,
궁극에 달하면 통한다

어머니가 살고 싶어 하는지 죽고 싶어 하는지 그 진심을 자식보다 더 잘 알 수 있는 사람이 누가 또 있을까. 스스로 몸을 움직일 수 없다고 해서 누구나 죽음을 원하는 것은 아니다. 아직 살 방법을 더 찾아볼 수 있다면 어떻게든 찾아야 옳다고 생각한다. 그런데 살길을 찾는 사람에게 죽는 방법을 권유하는 것이 옳을까. 환자도 보호자도 저마다 처한 개인적 상황이 다르다.

그런데 그 특수성을 무시하고 중환자니 무조건 호스피스로 보내라 권하는 것은 아무리 선의의 조언일지라도 어머니를 살리고 싶은 자식에겐 상처다. 관심과 배려의 이야기인 줄 알지만 어떻게든 살리고픈 마음뿐인 아들에겐 섭섭한 말이기도 하다. 아직 살고 싶어 하는 어머니를 어느 자식이 죽음의 길로 기꺼이 보내 드릴 수 있을까.

혼자서는 아무것도 할 수 없어 기저귀에 똥오줌 싸고 종일 누워 계시지만 방사선 치료 후유증으로 입이 마르는 것을 제외하고는 다른 통증은 따로 없어 진통제도 필요 없는 어머니. 살려는 의지도 여전하신 어머니에게 필요한 것은 호스피스가 아니라 입 마름을 치유할 수 있는 해결책이다. 똥오줌 받아내는 깃이 어려운 일은 아니다. 아무것도 해드릴 수 없는 상황이 고통스러울 뿐이다.

긍즉통이라 했던가. 세상에는 참 고마운 분들도 많다. 페이스북에서 우연히 내 글을 접하신 미국 샌안토니오에 사시는 황윤엽 Yoon Yeop Hwang 선생님께서 좋은 방법을 찾아주셨다. 수면 중 입 안이 말라 고통을 받는 환자들을 위한 제품이 나와 있었던 것이다. 제품이 있어도 모르면 고통만 받다가 가는 것이다. 정보가 사람을 살리기도 하고 죽이기도 하는 곳이 전쟁터뿐이랴. 어머니의 고통을 조금이라도 줄여줄 수 있는 기구를 찾아주시니 얼마나 감사한 일인지. 이렇게 살길을 찾다 보면 좋은 방법을 찾을 수 있는데 권유대로 호스피스로 보냈다면 해결책도 없는 곳에서 어머니는 얼마나 외롭고 고통스럽게 돌아가셨을까!

황 선생님은 페친이 아니었기에 그분께서 이런 방법을 찾아 제시해주신 것을 몰랐다. 그런데 황 선생님의 글을 접한 오승필 선생님이 황 선생님의 글을 내게 진달해주신 덕에 알게 됐다. 오 선생님 또한 페친은 아니시다. 그런데 나의 고민에 응답해주셨다. 두 분께 절절한 감사의 인사를 올린다.

2022. 10. 4

페이스북 인드라망,
온 세상이 어머니를 돌보다

"방 안에 참깨가 잔뜩 있네."

"무슨 참깨요?"

"저기 있잖아, 잔뜩 있어."

"네, 네, 어머니. 참깨가 있네요."

"누가 가져다 놨대?"

"가을이라 참깨 농사가 잘 돼서 누가 보내줬어요."

"저기 한 주먹 갖고 와봐라."

오늘은 섬망 증세가 참깨로 오셨다. 누워 계신 어머니에게 벽에서 참깨를 한 주먹 쥐어다 드리는 시늉을 하니 어머니가 피식 웃으신다.

"내가 노망이 났나? 내 눈이 참 이상하다."

"그런가 봐요, 엄니. 노망이 나셨나 봐요."

어머니는 다시 정신이 돌아오셨는지 어이없어 하며 웃으신 거다. 이렇게라도 잠시 어머니 웃음을 보니 덩달아 기분이 좋아진다. 미음도 삼키지 못하시니 단백질 음료와 먹는 링거만 물에 타드리고 있다. 그 정도의 영양분이라도 섭취하실 수 있으니 다행이라 해야 할까.

어제 황윤엽 선생님께서 어머니의 입마름을 치유해줄 기구를 소개해주셨다는 글을 올린 뒤 캐나다의 조니 앤Joni An 간호사 선생님께서는 메신저로 혹시 모를 부작용 방지법을 알려주셨다. 기구를 사용했을 때 물이 폐로 들어가게 되면 치명적 위험이 뒤따른다는 것이었다.

물론 이런 부작용을 방지할 수 있는 방법 또한 두 분 선생님께서 알려주셨다. 혹시 이 기구를 사용하실 계획인 분들께서도 참고해주셨으면 싶어서 두 분 선생님의 의견을 전해드린다.

먼저 조니 앤 선생님의 조언이다.

제윤 님 저 역시 지나가는 나그네입니다. 캐나다에서 간호사로 재직 중인 나그네입니다. 먼저 어머님과 아드님의 이 힘든 여정에 진심어린 응원과 위로를 보내드립니다. 어쩌면 의료계 종사 페친들께서 이미 주의를 주셨겠지만 혹시나 하는 마음에 안면 불식 무례함을 무릅쓰고 글을 남깁니다. 직구하신 기계의 이 부분을 꼭 주의하셔야 해서요.

CAUTION!

The Salvate system provides timed pumping of water to the mouth and may be an aspiration risk. Patients at high risk for aspiration should be evaluated before and during use.

Contraindications: Pulmonary disease, recurring pneumonia, severe dysphagia, severe aspiration, limited cognitive ability.

이 말은 물을 삼키시다가 폐로 가는 위험을 표기한 것이니 기계를 사용하실 때 어머니가 물을 자유자재로 수면 중에도 삼키실 수 있어야 합니다. 물이 조금이라도 폐로 가게 되면 응급 상황이 됩니다.

처음 기계 사용 시 수면 중 어머니께서 어떻게 감당하시는지 세밀한 모니터가 필요합니다. 액상을 삼키시는 능력을 검사하시는 전문 의료인이 병원에 있어요. 테스트를 하셔서 물(액상)을 두텁게 만드는 파우더로 액 점질 정도를 삼키기에 안전하게 만들기도 한답니다. 물은 삼키실 때 기도로 가는 것을 방지하는 방법입니다. 물 → 파우더를 사용해서 물을 걸죽하게 만드는 것입니다.

다음은 황윤엽 선생님의 조언이다.

당연한 우려입니다. 처음 며칠은 어머님 수면 중 상황을 잘 살펴보셔야 합니다. 그리고 펌프가 흘려주는 물의 양은 조절이 가능합니다. 입을 살짝 적셔줄 정도로만 흘리시면 됩니다. 낮에 깨어계실 때와 수면 중일 때 각각에 맞게 적절한 속도를 찾으셔야 할겁니다.

미국과 캐나다에 사시는 두 분 선생님께 거듭 감사의 인사를 올린다.

"아이 하나를 키우는 데는 마을 전체가 필요하다"는 말이 있다. 그런데 "노인 한 분을 돌보는 데는 마을 전체가 필요하다"는 말은 왜 없을까? 아이는 삶의 상징이고 노인은 죽음의 상징이기 때문일까? 어머니를 간병하면서 문득 깨닫는다. 어머니 한 분을 온 세계가 돌보고 있구나! 은유가 아니다. 실재다.

한국의 각 지역에 계신 많은 분들이 어머니 치유에 도움이 되는 다양한 조언들을 해주셨고 치료제, 영양제 등 보내주셨다. 호주의 엘리너 킴 간호사 선생님은 치료까지 가능한 인공 침샘에 대한 정보를 주셨고, 중국 심양의 왕백 선생님께서도 어머니가 위독하셨을 때 백두산 산삼을 보내주셨다.

그리고 캐나다 밴쿠버와 미국 샌안토니오에 사는 선생님께서도 이렇게 또 어머니의 입마름병 치료기와 사용법을 알려주셨다. 세계 각 지역의 선생님들이 어머니의 치료와 돌봄을 돕고 계신 것이다. 이러니 온 세계가 어머니를 돌보고 있다는 말은 과장이 아니다.

일찍이 이런 세상이 또 있었을까? SNS 덕분이다. 나에게는 모두 페이스북 덕분이다. 페이스북이 의식 속에나 존재하던 '인드라망 공동체'를 현실 세계에 구현시켜준 것이다. 페이스북 인드라망. 무한히 감사한 인연이다.

2022. 10. 5

고향 가는
길

    어머니가 3일째 계속 잠만 주무신다. 잠깐 깨어난 틈을 타 물을 떠먹여 드리면 금세 또 잠이 드신다. 깨어나실 때마다 옥타미녹스와 글루타데이를 물에 타서 조금씩 입에 넣어드리고 있다. 오늘도 잠을 깨기 힘들어하시지만 살짝 흔들어 깨우니 눈만 겨우 뜨신다. 물수건으로 눈곱을 떼어드리고 얼굴을 닦아드린다. 그 덕에 잠시 정신이 돌아오신 듯하다.

    "엄니, 나 누군지 알아보겠어?"

    엷게 웃으시던 어머니.

    "길구잖아" 하신다.

    나의 아명 길구를 기억하고 계신다. 하긴 평생 집에서는 제윤

          4부 어머니와 함께한 3년간의 동행

이 아니라 길구로 부르셨으니 어찌 잊으실까.

"울 엄니 아직 정신 멀쩡하시네. 여기가 어딘지 알겠어?"

"우리 집이잖아."

"아시는구나. 어제는 계속 고향 근처 마을이냐고 물으시더니. 기억나? 여기가 중리냐 여항이냐 물으셨잖아."

어머니가 고개를 끄덕이신다.

"근데 왜 고향 백두 얘긴 안 하셔. 고향에 안 가고 싶어?"

고개를 흔드시는 어머니.

"아는 사람 만나면 창피하잖아."

"뭐가 창피해. 엄니도 참."

어머니의 영혼은 이미 육신을 벗어나 떠돌기도 하시는 듯한데 고향 마을 근처까지만 가고 고개를 넘지 못하신다. 언저리 마을들, 중리와 여항 근처만 맴돈다. 돌아가도 이제는 반겨줄 사람 하나 없지만 어머니는 고향에 가시고 싶은 것이다. 수구초심首丘初心일까!

하지만 어머니는 자신의 병든 모습을 고향 사람에게 들키면 창피하다고 생각해 고향 백두까지는 못 들어가시고 옆 마을만 서성이는 듯하다. 평생 깔끔하고 정갈하게 살아오신 어머니. 의식이 혼미한 중에도 자신의 병든 모습을 남에게 보이고 싶지 않으신 것이다. 마찬가지 이유로 방문 요양사도 계속 거부하셨던 것이다.

육탈하신 낭시의 영혼은 한없이 고우실 텐데 어머니는 아직 반쯤만 육탈하신 탓에 영혼도 온전히 자유롭지 못하신가 보다. 잠시 눈을 뜨신 틈을 타 김광남 박사님이 보내주신 분말 영양식 라이프샐러드 한 스푼을 단백질 음료에 타서 입에 넣어드린다. 방사선 치료로 침샘세포들이 궤멸됐으니 인공 침샘 스프레이를 뿌려드리고 한 숟갈 떠넣어 드려도 삼키는 데 또 한참이 걸린다. 입 벌릴 힘도, 삼킬 힘도 거의 없으시다. 그다음 물 한 수저를 넣어드린다. 그래야 삼킬 수 있으니. 그렇게 라이프 샐러드 한 수저마다 물도 한 수저씩 번갈아 떠서 먹여드린다.

겨우 반 그릇쯤 드셨을까. 물 한 스푼을 마지막으로 어머니는 더 이상 졸음을 이기지 못하고 그대로 또 잠이 들고 만다. 어린아이가 엄마가 떠먹여 주는 이유식을 받아먹다 잠이 드는 것과 다르지 않다. 점점 더 작은 아기가 되어가는 어머니. 이제 자궁으로 돌아갈 시간이 가까워지는 것일까, 잠드신 어머니 얼굴이 더없이 평화롭다.

2022. 10. 7

임종

나의 하늘이 무너졌다. 어머니께서 영원한 잠에 드셨다. 2022년 10월 8일 낮 12시 40분, 아들의 손을 꼭 잡고 당신이 살던 집에서 영면하셨다. 어머니의 가장 큰 고통인 입마름 병을 치료해줄 수분 공급기가 미국에서 출발해 인천세관을 통과해 있는데 한 번도 써보지 못하고 떠나셨다. 그래서 더욱 비통하다.

이제 어머니는 어디로 가신 걸까? 방금까지 숨 쉬던 어머니. 조금 전까지 내 곁에 계시던 어머니는 대체 어디로 가신 걸까? 육신은 눈앞에 있는데 의식이 사라지니, 어머니도 더 이상 여기에 없다. 불러도 대답 없고. 흔들어 깨워도 눈을 뜨지 않으시니 내 어머니는 대체 어디로 가신 걸까?

평생을 여기 계신 육신이 어머니인 줄 알고 살았는데 육신만 남으니 어머니는 더 이상 어머니가 아니다. 육신이 어머니가 아니라면 대체 누가 어머니였을까? 도무지 알 수 없는 생사의 슬픔에 가슴이 찢어질 듯 아프다. 임종 3일 전부터 어머니는 혼곤한 잠에 빠져드셨고 끝내 다시 일어나지 못하셨다. 잠이 들기 전 어머니는 어서 죽고 싶다 하셨다.

"내가 어서 죽어야지."

"왜 또 그러세요, 엄니. 저랑 사는 게 싫으세요?"

"아니. 내가 오래 살면 너 고생만 시키지. 너는 네 삶 살아야지. 어서 통영 가거라."

3개월 전 응급실에 다녀온 뒤부터는 내내 아무 데도 못 가게 하시고 꼭 붙어 있으라고 하시던 어머니가 어서 통영으로 가서 살라고 하셨다.

"무슨 소리예요, 어머니. 전혀 고생 아니에요. 엄니 곁에 있을 거예요."

내 대답도 제대로 다 듣지 못한 채 어머니는 그대로 다시 잠에 빠지셨고 그것이 결국 영원한 잠의 시작이 되고 말았다. "너는 네 삶을 살라"는 말씀이 유언이 되고 말았다. 그렇게 어머니는 잠든 채 이승을 떠나셨다. 만 3년 동안 구강암 발병과 수술과 방사선, 항암 치료, 그 후 회복과 쇠락의 과정을 거치며 내내 고통받으셨

4부 어머니와 함께한 3년간의 동행

던 어머니. 그래도 마지막은 더없이 평온하셨으니 어머니의 복이고 자식의 복이다.

어머니의 임종을 병원이나 요양원이 아니라 당신 살던 집에서 맞이하게 해드린 것이 얼마나 다행인지. 마지막 길 아들 손잡고 떠나시게 한 것은 얼마나 잘한 일인지 새삼 깨닫는다. 가시는 길 덜 춥고 덜 외로우셨을 것이다.

혼곤한 잠에 빠져 계셨던 그 3일 동안 어머니의 눈가에는 자꾸 눈물이 맺혔다. 그냥 계속 눈을 감고 있으니 흘러나오는 눈물인 줄 알았다. 하지만 지금 다시 생각해보니 그것은 어머니가 흘린 슬픔의 눈물이었다. 어머니는 이미 스스로의 마지막 시간을 예감하고 계셨던 것 같다. 깨어날 수 없는 잠 속에서 아들과의 이별이 마냥 슬퍼 속울음을 울고 계셨던 것이다. 아둔한 아들은 그것을 미처 깨닫지 못했다.

어머니는 아주 잠깐씩 잠에서 깨면 그때마다 아들이 떠먹여 주는 물을 잘 받아드시고 밝게 웃으셨다. 그 어느 때보다 맑고 환한 웃음이었다. 맞잡은 손에 힘도 더 주셨다. 혈색도 좋았다. 그 때문에 어리석은 아들은 곧 또 좋아지시겠지 기대를 버리지 못했다. 무의식 속에서는 눈물을 흘리며 울고 의식이 돌아오면 웃음으로 아들을 안심시키셨던 어머니의 깊은 뜻을 아들은 뒤늦게서야 깨닫고 가슴을 친다.

돌이켜보니 2주 전부터 어머니가 미음을 드실 수 없었던 것도 실상은 드실 수 없어서가 아니었던 듯하다. 스스로 곡기를 거부하신 것이었다. 정신이 명료하셨을 때는 음식을 완강히 거부하셨고 정신이 혼미할 때는 영양 보조제 분말을 물에 타 드리면 조금씩 드셨다. 어머니의 의지도 생명의 본성을 거부할 수는 없었기 때문이다.

물론 아주 조금이었지만 그 음식의 기운으로 정신이 돌아오면 어머니는 또 손으로 입을 틀어막고 음식을 거부하셨다. 분말을 드실 수 있으면 미음도 충분히 드실 수 있는데 거부하셨던 것이다. 어머니 스스로 생을 내려놓기로 결심하셨다고 생각되는 것은 그 때문이다. 어머니는 스스로 곡기를 끊고 임종을 준비하셨던 것이다.

무의식중에 나도 그것을 예감했던지 어머니의 얼굴을 볼 때마다 나도 모르게 왈칵 눈물을 쏟기도 했다. 갑작스럽지만 어머니의 죽음이 갑작스럽지 않은 것은 그 예감 때문이었을 것이다. 어머니는 평소에도 삶에 대한 애착은 강했으나 집착은 없었다. 삶에 대한 애착은 오로지 아들에 대한 사랑 때문이었다.

지난 3년간 틈날 때마다 어머니는 당신을 간병하느라 아들이 자신의 삶을 살지 못한다고 걱정하셨다. 그리고 결국 아들에게 삶을 주기 위해 스스로 자신의 삶은 정리하신 것이다. 그렇게 아들에게 자유를 주기 위해 자신의 삶을 스스로 버리신 것이다. 평생 누구에게도 폐가 되는 삶을 사신 적 없던 어머니. 어머니다운 마지막이었다.

위중한 어머니를 모시면서 한 번도 힘들다고 생각한 적이 없다. 평생 불효하며 어머니를 고생시켰던 것을 생각하면서 오히려 늘 죄송한 마음이었다. 어째서 어머니를 더 일찍부터 돌봐드리지 못했을까 후회막급일 뿐이다. 어르신 중에는 섬망이 오면 더러 폭력적으로 변하는 분도 있다는데 어머니는 언제나 너무도 유순하고 다정하셨다. 정신을 놓지 않기 위해 부단히도 애쓰셨다. 마침내 정신이 흐미해졌을 때두 자신의 고통보다 자식 걱정을 먼저 하셨다.

자신의 고통 앞에서는 한없이 나약한 존재가 인간인데 그 초인적인 자세가 어찌 가능했을지 지금도 믿기지 않을 정도다. 어머니가 평생 삶 속에서 엄청난 인내와 정신의 수양을 쌓았기에 가능했던 것인 듯하다. 그러므로 어머니를 모시는 시간은 고난이 아니라 오히려 비할 데 없이 큰 은혜의 시간이었다. 어머니를 모시며 많은 삶의 가르침을 받았다. 어머니는 내 일생의 가장 큰 스승이셨다. 그토록 큰 스승을 어머니로 모시고 태어난 나는 얼마나 행운아였던가. 무한한 영광이었다.

그래서 어머니에게 음식을 떠먹여 드리는 것도, 변을 치우는 것도 그저 기쁨이었다. 잘 드시면 뿌듯했고 배변을 잘 히면 속병은 없어 다행이구나 안심했다. 어머니는 어쩌면 아들이 그 일들을 기쁘게 하니 더 일찍 떠날 결심을 한 것인지도 모르겠다.

그대로 아들이 아무 데도 안 가고 어머니 곁에서 늙어버릴까 걱정이셨던 듯하다. 실상 그랬다. 다른 일들을 다 포기하더라도 어머니를 모시면서 남은 생을 보내고 싶었다. 그래서 장기전을 대비해 의료용 침대도 주문해놓았다. 병든 어머니를 모시는 일보다 더 소중한 일이 세상에 없다 여겼기 때문이다. 어떤 세상이 어머니라는 세상보다 더 귀하겠는가.

그렇게 사려 깊고 지혜로웠던 어머니가 이처럼 훌쩍 떠나시니 그저 서럽고 가슴이 미어진다. 꼼짝도 못하고 누워만 계셔도 살아 계시니 좋았는데, 수술로 움푹 패인 어머니 얼굴을 보고, 어머니의 어눌한 목소리를 듣고, 어머니의 온기를 느끼는 것만으로도 그렇게 따뜻하고 충만하고 큰 위로가 됐는데. 이제 어머니는 어디에도 없다. 어머니 없는 슬픔을 어찌 감당하고 살아갈까. 어머니와 함께 나도 이미 죽은 것만 같다.

하지만 방사선 치료 후유증으로 침샘세포가 궤멸해 제대로 먹을 수 없고, 입안이 바짝바짝 타서 편히 잘 수도 없고, 스스로 움직일 수도 없으니 어머니의 고통은 또 얼마나 크셨던가. 그럼에도 오로지 자식을 위해 그 고통을 감내하며 살아내 주신 어머니.

그래서 어머니와의 이별은 무한한 슬픔이지만, 마침내 어머니의 그 많은 고통들이 사라진 것을 생각하면 마냥 슬프지만은 않다. 어머니 이제 더 이상 아프지 않으시죠? 거기서는 어머니 웃는 모습을 더 자주 볼 수 있겠지요?

　장례는 어머니 뜻대로 인천의료원에서 무빈소 가족장으로 조용히 치렀다. 간소한 추모식만 가졌다. 어머니의 뜻인 동시에 내 뜻이기도 했다. 어머니는 생전에 남들에게 폐가 되는 것을 극도로 싫어하셨다. 그래서 연명 치료도 거부하셨고 당신의 장례식도, 제사도 지내지 말라 신신당부하셨다. 일찍이 제사와 명절 상차림을 폐지시키셨던 어머니다. 나 또한 어머니와 같은 마음으로 가족 외에는 따로 부고하지 않았다. 돌아가신 뒤에 의례 따위가 무슨 의미가 있으랴. 살아 계실 때 어머니 얼굴 한 번 더 보는 것만 못하다. 그래서 추모 의례만 치른 것이다.

　게다가 어미 잃은 자식이 제 슬픔도 제대로 가누지 못하는데 어찌 빈소를 찾은 추모객들을 제대로 모실 수 있을까. 상주에게도 가혹한 일이고 추모객에게는 결례일 것이다. 빈소를 마련하지 않은 것은 그 때문이다.

　어머니는 인천의료원 화장장에서 화장을 했지만 묘는 쓰지 않기로 했다. 매장도, 수목장도, 해양장도 하지 않기로 했다. 대신 유골함을 모셔 왔다. 어머니의 유골함은 통영의 내 거처로 옮겨서 옆에 모시고 내내 함께할 생각이다.

그리되면 어머니는 떠나도 떠나지 않으신 거다. 물론 다 부질 없는 일인 줄 알고 있다. 그렇게라도 따뜻한 방에 가까이 모시고 싶은 간절한 내 마음이다. 어머니는 이미 한 줌의 재가 되셨고, 원자 알갱이로 환원되셨지만 어머니를 구성했던 원자 알갱이 하나도 나에게는 어떤 보석보다 소중하다.

집에 어머니 유해를 모시면 나도 날마다 어머니에게 문안드릴 수 있을 것이다. 기일마다, 그리울 때마다 한 번씩 찾아가는 것보다는 더 정답지 않을까. 어머니가 생전에 살던 인천 집에서 하루 이별의 시간을 보내게 해드리고 이제 유해를 모시고 통영으로 내려갈 예정이다.

어머니는 살아서는 단 한 번도 통영에 가보지 못하셨다. 먼 거리를 이동하실 기력이 없었기 때문이다. 죽어서야 통영으로 가신다. 그래도 덜 슬픈 것은 어머니와 통영살이가 이제부터 시작될 것이기 때문이다. 내 사랑하는 어머니도 내가 사랑하는 통영을 분명 좋아하실 것이라 믿는다.

2020. 10. 10

4부 어머니와 함께한 3년간의 동행

또 하나의
시작

살아생전 어머니는 무슨 일 하나도 허투로 하는 법이 없었다. 아무리 작은 일에도 온 힘과 정성을 다했다. 암투병의 와중에도 기력이 좀 생기셨을 때는 어떻게든 아들을 위해 정성스러운 요리를 해주셨다.

당신은 방사선 치료 때문에 침샘세포가 다 죽어버렸고 협진 의사가 방사선 치료 일정 맞춰야 한다며 보호자 동의도 없이 좀 흔들리던 마지막 어금니 하나까지 뽑아버려 김치 한 조각도 씹을 수 없었다. 치료하면 충분히 사용할 수 있는 어금니였기에 어머니도 두고두고 속상해하셨다.

그래서 오로지 3년간 미음밖에 드실 수 없었다. 물도 수저로 떠서 드셔야 했다. 미음 한 그릇 먹는 데 두 시간씩 하루 세끼에 여섯 시간이나 걸렸다. 그래서 날마다 먹는 것이 가장 고통스럽다 하셨다. 그런데도 어머니는 틈만 나면 아들을 위해 요리를 해주셨다.

어머니를 자주 움직이게 하는 것이 좋겠다고 생각해서, 또 삶의 보람을 드리기 위해 아들은 사양하지 않고 넙죽넙죽 잘도 받아먹었다. 어머니가 요리하는 모습을 옆에서 지켜보면서 새삼 어머니께서 김치 하나도 얼마나 오만 정성을 다 기울여 담그시는지 감동받곤 했다.

어머니께서 투병 중에 만들어주셨던 열무김치와 물김치, 동치미, 파래김치, 숙주나물, 시금치와 봄동나물. 굴뭇국과 잡곡밥이 벌써 그립다. 몸의 양식인 동시에 마음을 살찌우던 마음보약이기도 했던 어머니의 요리들.

어머니가 끓여주신 굴뭇국 한 그릇이면 이 허기진 마음을 달랠 수 있을 텐데. 대체 어머니는 어디로 가신 걸까. "어머니 굴뭇국 좀 끓여주세요." 어머니, 어머니, 애타게 불러도 도무지 대답이 없다.

어머니의 유해를 통영의 내 방 안에 모셨다. 순간순간 생전에 어머니께 불효한 일만 자꾸 떠올라 눈물이 멈추지 않는다. 죄송하고 또 죄송하다. 그래서 더더욱 어머니를 보내드릴 수가 없다. 누군가는 어머니를 붙들고 있는 것이 어머니의 영혼을 구속하는 일이라고 충고하지만 그렇게라도 붙들 수 있다면 얼마나 좋을까.

육지 사람들에게는 고인의 유해를 집 안에 모시는 일이 생소할 테지만 섬에서는 자연스러운 풍습이다. 어머니도 나도 섬사람이다. 섬에서는 마당이나 텃밭에 묘를 쓰고 시시각각 고인과 마주하며 살아간다. 육지 사람들의 세계관은 생과 사가 분리되어 있지만 섬사람들은 생사불이生死不二의 세계를 살아간다.

죽음을 늘 목전에서 두고 살아야 하는 섬의 삶. 삶도 죽음도 둘이 아니니 무덤을 텃밭에 쓰는 일이 무엇이 이상할까. 다른 누구도 아닌 내 어머니의 유골을 안방에 모시는 일이 무엇이 이상할까. 내가 사는 집에는 마당도 텃밭도 없으니 방 안에 모시는 것이다.

실상 나는 어머니를 방 안에 모시지 않았다. 내 안에 모셨다. 이미 어머니가 내 안에 깃들어 살기 시작하셨다. 어머니는 그렇게 새 삶을 얻으셨다. 이제는 더 이상 아들과 이별하지 않고 영원히 함께할 것이다.

에필로그

입에 좋은 거 말고 몸에 좋은 거 먹어라

2022년 11월 20일 1판 1쇄 인쇄
2022년 11월 30일 1판 1쇄 발행

지은이	강제윤
펴낸이	한기호
책임편집	정안나 이성현
편집	도은숙 유태선 김미향 김현구
마케팅	윤수연
디자인	북디자인 경놈
경영지원	국순근
펴낸곳	어른의시간

출판등록 2014년 12월 11일 제2014-000331호
주소 04029 서울시 마포구 동교로 12안길 14(서교동) 삼성빌딩 A동 2층
전화 02-336-5675 팩스 02-337-5347
이메일 kpm@kpm21.co.kr
홈페이지 www.kpm21.co.kr

ISBN 979-11-87438-19-9 (03810)